CLUBE DOS HERDEIROS

Nada será como antes

Fabiana Madruga
Carioca, sagitariana e tricolor, largou as leis para fugir com a literatura. Autora do blog de moda e beleza *Experimenta, amiga!*, é uma escritora compulsiva e também não resiste a filmes de terror, episódios de Gossip Girl, batons da M.A.C, livros do Stephen King, praia, bolsas novas, pizza e redes sociais. Publicou o conto #BonnyRead na antologia *Piratas* (2015), o primeiro romance, *Clube dos Herdeiros – como nossos pais, e* outras histórias dessa série em e-book. Instagram @fabimadruga.

Publisher: Erick Santos Cardoso
Edição: Karen Alvares
Produção editorial: Janaina Chervezan
Capa: Ericksama

Dados Internacionais de Catalogação na Publicação (CIP)
Ana Lúcia Merege 4667/CRB7

M 183

Madruga, Fabiana
Clube dos herdeiros : nada será como antes / Fabiana Madruga. – São Paulo : Draco, 2017. – (Clube dos herdeiros; 2)

ISBN 978-85-8243-217-4

1. Ficção brasileira I. Título II. Série

CDD 028.5

Índices para catálogo sistemático:
1.Ficção : Literatura brasileira 869.93

1ª edição, 2017

Editora Draco
R. César Beccaria, 27 — casa 1
Jd. da Glória — São Paulo — SP
CEP 01547-060
editoradraco@gmail.com
www.editoradraco.com
www.facebook.com/editoradraco
Twitter e Instagram: @editoradraco

CLUBE DOS HERDEIROS

Nada será como antes

Fabiana Madruga

1ª edição

Editora Draco

São Paulo

2017

Esse livro é dedicado a duas Helenas:
dei vida a uma quando escrevi essa
série e ela se tornou tão real, que acabei
fazendo a outra de carne e osso entre o
primeiro e o segundo livro. Mas, no final,
foram as duas que me criaram. Uma
me deu vida como escritora, a outra me
reinventou como ser humano.

I – LÁ VEM O SOL

Here comes the sun
Here comes the sun
And I say
It's all right
Beatles – Here Comes the Sun

ANDA! Pode tratar de sair debaixo dessas cobertas e vem ver que dia maravilhoso está fazendo lá fora! Eu sei, foram três longos meses de manhãs escuras e noites chuvosas, mesmo em pleno verão do Rio de Janeiro. Mas eu te disse que o sol voltaria em fevereiro, não disse? É bom que você aprenda a apostar no que eu digo de uma vez por todas. Porque, assim como os dias claros, eu também estou de volta com todas as novidades pelas quais você vinha esperando desde nossa última página. E o melhor é que não estou sozinha. Hoje também tem data para voltar à cidade uma certa moradora do Leblon que partiu repentinamente em novembro e quase não deu notícias sobre seu paradeiro durante todo esse tempo. Será que Helena se dedicou tanto aos estudos de férias na Itália que sequer teve tempo para atualizar a aristocracia carioca a seu respeito?

Essa, aliás, foi uma das maiores queixas de Manuela desde a partida da melhor amiga. Não que não tenham se falado pelo menos algumas dúzias de vezes (pelo WhatsApp, Instagram, Skype, telepatia, etc.). Mas Helena sempre perguntava mais do que respondia e, embora estivesse sempre com tempo para ouvir, parecia ser surpreendida por imprevistos sempre que chegava sua vez de falar. Foi assim que Manu conseguiu dizer à amiga que ela e Felipe tinham avançado bastante em sua relação indefinida. Digo isso porque, embora tenham sido praticamente inseparáveis durante todo esse tempo, Manuela e Felipe preferiram evitar títulos e cobranças. Talvez porque ela ainda não estivesse plenamente recuperada do término com Pedro. Talvez porque ele tivesse medo de que pressionar pudesse ser mexer em time que estava ganhando. Mas a verdade mesmo é que estavam empatados, ainda que o zero a zero não estivesse nada mal para nenhum dos dois. Amigos com benefícios – e por enquanto estava bom assim.

Luiza preferia ignorar as repetidas vezes que Manuela dizia que não era namoro e andava radiante com o novo casal. Cada visita de Felipe era uma chuva de confetes – quase literal! Manuela, embora recriminasse essa veia casamenteira, não conseguia deixar de ficar feliz ao ver o sorriso imenso estampado no rosto da avó. Afinal, essa era uma das únicas coisas capazes de tirar o foco da matriarca Garcia Leal de uma preocupação que, até então, lhe era inédita: de uns tempos para cá, Evandro andava calado, nitidamente abatido, e passava o dia quase todo trancado na biblioteca do apartamento, cercado de papéis e contas sobre as quais não dava uma palavra, nem mesmo com ela, a esposa com quem sempre tinha dividido tudo. Será que havia algo de podre no reino do Arpoador?

Guilherme também estava mudado. Tinha se dedicado com afinco à fisioterapia, à medicação, à alimentação e até mesmo às restrições impostas pelos médicos que assumiram seu caso desde o grave acidente de moto naquele outubro que preferimos esquecer. Escrevia e-mails diários para Helena desde sua viagem, mesmo sem obter qualquer resposta. Era sua maneira de se manter conectado à vida que queria retomar. Reconquistar Helena não era uma opção: ela sempre tinha sido dele e ele sempre soube que era ela que queria ao seu lado – mancadas à parte. Tamanha determinação, no entanto, não intimidava Pietra nem um pouco. A colunista da In, que agora tinha também um quadro semanal em um famoso programa de TV, via a persistência de Guilherme como uma teimosia que estava com os dias contados. Esteve ao lado dele durante todo o processo de recuperação e, mesmo tomando fora atrás de fora, mantinha-se firme na ideia de que o posto do qual Helena havia abdicado (com um certo empurrãozinho) seria inevitavelmente dela.

Beatriz Weissman continuava sendo a maior confidente (ou diria comparsa?) de Pietra e incentivava a obsessão da amiga como uma forma de manter o elo entre as duas. Além disso, Beatriz também era uma exímia praticante de tiro ao alvo, com plena confiança em sua mira. Para quem suas flechas estavam apontadas dessa vez?

Bom, se você acha que estou falando de Henrique, isso é tãooo mês passado! Henrique e Beatriz chegaram a sair juntos umas três ou quatro vezes até constatarem o óbvio: não tinham nada em comum a não ser o fato de que faziam parte do Clube dos Herdeiros. Ele vinha se dedicando não só ao último período da faculdade de economia, como também a um projeto de inserção de jovens de comunidades carentes no mercado de trabalho, após treinamentos e cursos preparatórios. "*O interessante nesse projeto*" – disse Henrique em sua primeira entrevista a uma revista de grande circulação nacional – "*é que não se trata de uma ONG e nem de caridade. O treinamento deles é um investimento, já que depois vendemos mão de obra já qualificada para as empresas. É um excelente negócio no qual todos saem ganhando!*" O discurso vinha atraindo alguma atenção, embora a *startup* ainda engatinhasse. Mas Henrique levava tanta fé no sucesso da Improve que andava sobrando pouco tempo para avaliar as candidatas ao cargo mais invejado do Rio: o de namorada do bom partido mais disputado da Zona Sul que, no momento, continuava mantendo o status de solteiro no Facebook.

Mas, voltando ao assunto Beatriz, não se podia dizer que ela estivesse exatamente de luto pelo fim do namoro com Henrique antes mesmo de ter começado. Na verdade, sua atenção estava voltada para um solteiro bem menos valorizado no mercado carioca, mas cujas ações começavam a entrar em alta. Mas, afinal, quais seriam as reais intenções da ruiva com Pedro Bacelar? Essa eu vou ficar te devendo por enquanto, segredo que a mais misteriosa das herdeiras ainda guardava só para si.

Quanto a Pedro, bom, ele não parecia muito preocupado com isso. Muita coisa tinha acontecido nesses três meses: a aprovação no concurso do BNDES, o início do trabalho e todo o universo que se abriu junto com ele. Até mesmo um carro novo (1.0, que Pedro ia passar uns bons meses pagando) fazia parte das novidades que ele tinha para contar. Ele também chegou a tentar sair do apartamento de Amélia, já que agora poderia alugar alguma coisa (quem sabe voltando para a Tijuca?), mas a matriarca Piva de Albuquerque não parecia aberta a negociação: queria que Pedro tivesse pelo menos um ano para organizar melhor as finanças antes de assumir um compromisso financeiro mais sério. O certo é que, mesmo diante de tantas novidades e *upgrades*, tudo o que acontecera nos últimos três meses parecia parte de um plano maior, no qual Pedro estaria mais pronto do que nunca para aquilo que tinha ocupado cada um de seus pensamentos, para a ideia que lhe serviu de estímulo, consolo e companhia desde novembro: Helena. E ela voltaria hoje.

– Pedro, já está pronto, meu filho? O voo dela chega às dezesseis horas, acha que já podemos ir? – Amélia interrompeu sua análise da terceira camisa que experimentava diante do espelho.

Amélia estava nitidamente ansiosa para rever a afilhada que, apesar de falar com ela por Skype praticamente todos os dias, parecia hesitante quanto a falar de si desde a viagem.

– Sim, podemos ir, Amélia! Mas é melhor levar suas palavras cruzadas. Vamos esperar pelo menos umas duas horas.

Pedro entendia a pressa; estava tão ansioso quanto Amélia. E ainda mais nervoso com o fato de só ter falado com Helena duas vezes durante os três meses em que ela esteve fora – sendo que, em nenhuma delas, se disse qualquer palavra sobre o principal assunto que deixaram em aberto. Trocou rapidamente a terceira pela primeira camisa que tinha experimentado, fez o sinal da cruz e fechou os olhos, pedindo que desse tudo certo no reencontro. Pegou o celular, a carteira, a chave do carro e correu para avisar a Amélia que estavam de saída para o aeroporto.

– OI! E aí, você vai? – Manuela perguntou a Henrique assim que ele finalmente atendeu o celular.

– Vou...? Ah! Buscar a Helena? Não, Manu. Tô todo enrolado com a seleção da Improve no Morro do Juramento hoje. A Amélia é que já deve estar a caminho.

— Beleza! Devo encontrar com ela daqui a pouco, então! Beijo, boa sorte aí, nos vemos mais tarde.

Henrique só esqueceu de dizer que Amélia ia com Pedro. Manuela só esqueceu de dizer que estava indo com Felipe. Ao que parecia, o Galeão teria mais reencontros do que o esperado aquela tarde.

Pietra chegou à casa dos Lunardelli trazendo a *cheesecake* de framboesa do Cafeína que Guilherme tanto adorava. Encontrou-o ajudando a mãe a decorar a sala de jantar.

– Ah, é a Pietra! – Helô constatou. – Pode entrar, querida!

– Que milagre é esse? Guilherme ajudando a arrumar a casa? – Pietra brincou, recebendo de volta um sorriso debochado de Guilherme, que ajudava a mãe a marcar lugares na mesa.

– O santo que operou esse milagre é o mesmo de sempre. Ou melhor, a santa! Estamos organizando um jantar de boas-vindas para a Heleninha, que volta hoje da Itália! Em falar nisso, esqueci de confirmar a presença da Leila Alencar. Volto em um minuto, não tirem nada do lugar! – Helô sempre preferia lidar com situações difíceis como se elas não estivessem acontecendo. Saia justa era algo que ele sempre optava por ignorar.

Pietra esperou estar a sós com Guilherme na sala para alfinetar:

– Não sei quem é mais patético: você, por achar que vai conseguir alguma coisa com esse jantar idiota, ou ela por aceitar, depois de tudo que aconteceu.

– Eu não organizei nada nem ela aceitou. Foi tudo fechado entre minha mãe e a mãe dela. Mas, respondendo à sua pergunta, você é a mais patética de todas. Senão não teria vindo aqui sem nenhum motivo nem convite pela milésima vez!

Pietra sentiu o sangue borbulhar nas veias. Driblar o orgulho vinha sendo o exercício mais praticado nesse estranho esporte no qual insistia em competir, tendo Gui como alvo e adversário.

— Eu vim trazer essa porcaria de *cheesecake* para o maior imbecil que conheço. Mas joga no chão quando ela chegar! Assim pelo menos vai ficar doce quando você for lamber onde ela pisa! – Pietra lançou a caixa da torta sobre a mesa e saiu antes que tivesse uma ridícula crise de choro. Era revoltante o quanto qualquer rejeição de Guilherme mexia com ela.

Ele sentiu o sangue esquentar seu rosto. Fechou os olhos por um instante e respirou fundo. Abriu a caixa e pegou uma fatia já cortada da *cheesecake*. Era simplesmente perfeita. Perfeita como ele esperava que fosse ser aquela noite.

Pedro estava imerso em seu Albert Camus, sentado em uma das cadeiras em frente ao setor de desembarque internacional. Amélia, ao seu lado, estava concentrada na palavra cruzada que trouxe. Os dois foram surpreendidos por Manuela, que chegou na frente, enquanto Felipe procurava vaga para estacionar.

— Ei, que bom que cheguei a tempo!

Pedro levantou os olhos e viu que Manuela já se abaixava para cumprimentar Amélia. Fazia tempo que não se viam, mas ela não tinha mudado nada. O mesmo jeito tranquilo com seus jeans escuros, camiseta branca e jaqueta de couro rosa claro. O mesmo cabelo incrível caindo em ondas pesadas de diferentes tons de dourado. O mesmo sorriso iluminado e os mesmos olhos azuis que agora olhavam diretamente pra ele.

– Tudo bem, Manuela? – Pedro levantou para dar os clássicos dois beijinhos, que ela emendou em um abraço apertado.

– Há quanto tempo, Pedro! – Era nítido que ele ainda mexia com ela. – Você tá... diferente. Eu soube que passou no BNDES. Parabéns!

– Obrigado! E você, o que me conta de novo? – Como era esquisito tentar parecer natural quando tudo soava desconfortável.

– Eu tenho... – Manuela foi cortada pela chegada de Felipe, que deu um rápido beijo nela e estendeu a mão para Pedro.

– Pedro, certo? Nós nos conhecemos na...

— Festa da Manuela. E nos encontramos novamente no noivado da Helena. Tudo bem, Felipe?

Manuela abaixou a cabeça e Pedro continuou falando com ela, enquanto Felipe e Amélia se apresentavam.

– Fico feliz por vocês terem se acertado – Pedro abriu um sorriso.

— Na verdade, nós só... Bom, o Felipe tem sido muito importante – *para tentar me fazer não pensar tanto em você*, quis dizer – e você? Conseguiu se entender com a garota de quem me falou na nossa última conversa?

— Na verdade, ela...

– É a Helena! – Amélia gritou interrompendo a conversa e correndo na direção da afilhada, que acabava de sair do portão com seu carrinho de malas.

Pedro sentiu o corpo tremer inteiro. Virou devagar, sabendo que encontraria enfim quem esperou por tanto tempo. Bateu os olhos nela e pôde ouvir seu próprio coração batendo. Helena estava linda. Muito mais do que se lembrava. Havia nela algo mais seguro, algo mais mulher e menos menina, que o fez perceber que estava literalmente de queixo caído. O cabelo estava mais longo, menos arrumado, com uma nova franja displicente. O vestido envelope preto e branco ressaltava curvas um pouco mais acentuadas, extremamente bem-vindas. Tudo em Helena tornava maior e mais óbvia a urgência que ele sentia dela.

Viu Amélia abraçar a afilhada e acompanhou Manu fazer o mesmo em seguida. E foi então que registrou o momento exato em que os olhos dela encontraram os seus. Pôde ver que, assim como ele, que sequer tinha conseguido segurar o sorriso, ela também tinha sentido o impacto do reencontro. Parecia nervosa e ao mesmo tempo feliz por revê-lo. Ele deu alguns passos até parar diante dela. Puxou o ar e...

– Helena! – ouviu alguém exclamar com forte sotaque italiano.

Helena acenou, esperando até que um moreno alto e de ombros largos e cabelos lisos a alcançasse. Só então fez as apresentações.

– Bem, família, amigos: esse aqui é o Fabrizio. Meu namorado.

II – PANIS ET CIRCENSES

Mas as pessoas na sala de jantar
São ocupadas em nascer e morrer
Mutantes - Panis et Circenses

Helô correu para receber na porta a comitiva que entrava para o jantar. Manuela e Felipe tinham chegado minutos antes e outros convidados já beliscavam os canapés de presunto de parma e queijo feta que figuravam como entrada.

Helena foi recebida por Helô com o entusiasmo exagerado de costume. Era estranho tratá-la como qualquer coisa que não sogra, como a via desde os dezesseis anos. Talvez por isso Helena tenha aprendido na faculdade de Direito que não existem "ex-parentes" por afinidade. Sogra é para sempre, seja isso motivo de comemoração ou luto.

– Minha Heleninha, a filha que eu não tive! Que história é essa de estar ainda mais bonita depois dessa viagem? Como a Itália te fez bem, querida!

– A Itália ou um certo italiano? – Manuela brincou, percebendo ter causado um ligeiro desconforto logo em seguida. Ela e sua boca grande.

– Sim, verdade – Helena se viu obrigada a cantar sua parte no dueto inesperado puxado por Manu. – Esse é o Fabrizio. Nós nos conhecemos algumas semanas depois da minha chegada lá e... bom, acho que o que acontece em Milão não necessariamente fica em Milão.

Guilherme estava poucos passos atrás da mãe e esperava entregar as rosas colombianas que segurava na direção da ex-noiva, mas apenas deixou o buquê sobre o aparador e dirigiu-se para a varanda do apartamento. Ele realmente tentou ser discreto, mas fica difícil conseguir essa façanha quando todos os olhos de uma imensa sala de jantar se voltam para você.

Os holofotes na reação de Gui esconderam a troca de olhares entre Helena e Pedro naquele mesmo momento. Eles não haviam conversado desde a saia justa no aeroporto e, quando Helena apresentou Fabrizio pela segunda vez, Pedro sentiu como se alguém tivesse torcido uma adaga que já estava cravada em seu peito. Olhou para ela, ligeiramente incrédulo e, para sua surpresa, os olhos dela também procuraram os dele assim que a frase chegou ao fim. Aqueles olhos de jabuticaba, como Amélia chamava, pareciam pedir desculpas por algo que não queriam ter dito. Mas podia ser que Pedro estivesse se enganando. E, ainda que fosse verdade, o que isso mudaria agora?

O palco estava armado e a noite já começava com um ótimo show de abertura. Alguém ainda acredita que tantos convidados tinham vindo apenas pelo famoso tornedor feito por Marli, a cozinheira dos Lunardelli? Não, vá guardando isso desde já: a burguesia não vê sentido no pão se não houver o circo!

Pouco antes de todos se sentarem à mesa, Helena driblou alguns dos cumprimentos e foi até a varanda. Encontrou Guilherme sentado na sacada, como sempre detestou que ele fizesse por causa de seu pânico de altura. Os olhos dele, de um azul pelo qual ela era apaixonada, estavam vidrados em um ponto perdido qualquer daquela deslumbrante vista para o mar. Quantas vezes tinham olhado juntos para as mesmas estrelas, na cobertura da esquina da Maria Quitéria com a Vieira Souto, tendo a praia de Ipanema como testemunha?

— Lembro da primeira vez que te trouxe aqui – Guilherme falou, sem tirar os olhos do mesmo ponto indefinido.

– Eu também. Foi no aniversário do seu pai, a primeira vez que vim à sua casa. A sala estava lotada e eu morrendo de vergonha. De repente você me puxou pela mão e eu me vi aqui. Esse silêncio, essa vista...

– A gente tinha começado a namorar pouco tempo antes. Você ainda tremia o queixo quando eu chegava muito perto.

– Acho que em nenhum momento do nosso namoro deixei de tremer quando você chegava muito perto! – Helena riu e Gui finalmente olhou para ela, também rindo em seguida.

A relação dos dois sempre foi invejável do ponto de vista físico. A presença de Helena fazia o sangue de Guilherme esquentar até ferver nas veias. O jeito dele se aproximar, o toque, o cheiro, o beijo, todos eles a deixavam de pernas bambas, mesmo seis anos depois.

Ele permaneceu olhando para ela com os olhos cheios d´água, que pareciam não lembrar como e nem por quê. Ela também manteve nele os olhos tristes, como quem lamenta pelo como e pelo porquê que jamais seria capaz de esquecer. Em um impulso que veio dos dois lados, se abraçaram com tanta força que ela sentiu o ar faltar.

– Como é que você está? – segurou o rosto de Helena com as duas mãos, trazendo-o para bem perto do seu.

— Não sei. Mas vou ficar bem. E você? – Ela colocou as mãos sobre as dele.

– Vou ficar bem de verdade quando você voltar pra mim. Mas prometo que vou me comportar enquanto isso. – Seu sorriso era o mais criminosamente bonito que ela já tinha visto. – E quem é o narigudo que você chamou de namorado? – Guilherme não parecia se sentir ameaçado.

Helena apenas riu, encerrando a conversa em seguida.

– Vem, vamos voltar pra sala. Estou roxa de fome e a melhor hora desses eventos é justamente quando as pessoas estão com a boca tão ocupada mastigando que não conseguem fazer tantas perguntas.

Pedro não ouviu a conversa por estar do outro lado do vidro, mas acompanhou a cena como um filme mudo.

– Você não vai se sentar? – Manuela brincou ao ver Pedro parado no meio da sala.

– Vou – Pedro parecia ter sido acordado por um despertador. – Claro, vou sim. Se um lugar na mesa perfeitamente planejada da Helô ficar vago, é provável que ela contrate um figurante.

Manu riu e apontou para a mesa, que já parecia uma dança das cadeiras, embora todos os lugares tivessem nome. Viu Pedro se dirigir ao seu, entre Henrique – que acabava de chegar – e Guilherme. Felipe passou por ela com uma expressão fria. Seria ciúme?

O jantar foi mero pano de fundo para um interrogatório que Fabrizio demonstrou tirar de letra. Quem era ele? O filho único de um dos maiores empresários da indústria têxtil italiana. Por que falava tão bem português? Porque sua mãe era brasileira. O que fazia? Trabalhava no departamento comercial dos negócios do pai. Como tinha conhecido Helena? Na festa de um amigo, em Milão. Tinha se apaixonado por ela naquela mesma noite e, na semana seguinte, já estavam em uma quase lua de mel a bordo de seu iate no Lago Cono. Por fim, quais eram suas intenções? Declamou em um fluido português cheio de um charmosíssimo sotaque italiano o Soneto de Fidelidade, de Vinícius de Moraes.

Pedro deixou um "pffff" escapar alto nesse momento (provocando um riso que Henrique só conseguiu segurar pela metade, levando o guardanapo a boca e pigarreando em seguida para disfarçar). O fato de ter achado aquela cena a mais patética de todos os tempos tinha sido influenciado por ciúmes? Claro que sim: estava verde musgo de ciúmes! Mas, mesmo analisando friamente, parecia ser o único a achar o momento sarau ridículo, ao contrário de todas as mulheres da mesa, que se derreteram em suspiros. Pedro definitivamente não estava conformado com o souvenir surpresa trazido por Helena. Tudo aquilo parecia uma piada de tremendo mau gosto.

O jantar tinha terminado e alguns convidados já se despediam quando Jackie finalmente tomou coragem para se aproximar da filha. Desde o dia de seu casamento não se falavam, mas o que tinha dito naquela noite pareceu nunca mais silenciar.

– Aposto como você estava com saudades da comida da Marli. Mesmo estando na Itália, é impossível não sentir falta do tempero dela. Digo sempre à Helô que a Marli vale ouro!

Helena permaneceu quieta. Conhecia muito bem a mãe. Quando Jacqueline percebia que estava errada era incapaz de se desculpar. Vinha como quem não queria nada, como se coisa alguma tivesse acontecido. Era sua forma de pedir que o passado fosse sepultado, esquecido e deixado pra trás.

Helena detestava brigar com a mãe. Por isso, quando Jackie se comportava assim, nem pensava duas vezes antes de topar forjar uma amnésia coletiva. Sem cobranças, sem lembranças, sem mágoas. Mas, daquela vez, não conseguia. O que a mãe havia dito era bem mais do que poderia fingir não se lembrar. Era uma dor constante que não tinha ido embora e nem aprendido a se esconder.

Helena se levantou sem dizer nada e Jackie segurou seu braço.

– Você não vai mesmo esquecer aquilo? Helena, eu sou sua mãe!

– Eu sei. E é justamente por isso que não consigo esquecer.

Manuela esperou que os primos pequenos de Guilherme interrompessem a brincadeira com Felipe e colocou a mão sobre seu joelho.

– É incrível como você tem jeito com criança!

– Sou de família grande. Quero ter família grande. Adoro casa cheia.

– Ei... Você ficou chateado comigo porque falei com o Pedro?

– Claro que não! Deus me livre não querer que você fale com alguém. É comigo que fico chateado de vez em quando, Manu. Você não tem nada a ver com isso.

Não era exatamente um alívio para Manu ouvir aquilo. Felipe não combinava nada com aquele ar angustiado e ela não conseguia deixar de sentir uma pontinha de culpa por isso.

– Quer dizer que em Milão as coisas são assim? – Pedro disparou quando Helena passou por ele, voltando para a sala.

– "Assim"? Do que você tá falando?

– Chegam com um namorado a tiracolo, depois flertam com o ex-noivo e sequer se dão ao trabalho de pedir desculpas por terem viajado sem nem se despedir de um desavisado que se declarou no mesmo dia?

– Eu... Pedro, eu não... quer saber? Não te devo satisfação alguma, Pedro Bacelar!

Ele não tinha ideia de que Helena tinha encontrado Jackie minutos antes. Ela não sabia o quanto ele estava despedaçado por seu retorno ter sido tão diferente do que imaginava. E assim, por ambos estarem no limite, a tão esperada primeira conversa só fez com que se ferissem ainda mais... e não dissessem uma só sílaba do que realmente queriam.

O jantar de Heloísa Lunardelli tinha sido um verdadeiro sucesso. Dezenas de convidados, comida maravilhosa, notícias em primeiríssima mão e pequenos desentendimentos para deleite de uma plateia ávida por escândalos. Quando se despediu de cada convidado, o sorriso de Helô era de triunfo. Tinha finalmente dado um jantar tão interessante quanto os de Jackie, ainda que o preço disso fosse aumentar ainda mais a angústia do próprio filho.

Ângelo chegou à varanda segurando um de seus inseparáveis martinis. Viu que Jacqueline ainda se despedia de Guilherme e veio falar com ele em seguida.

– Cuide bem do meu ex-genro. É um menino incrível!

– Um menino incrível que traiu sua filha às vésperas do noivado e ainda foi bobo o bastante para ser fotografado? – Ângelo riu.

– Ele não é o que parece, Ângelo. O único defeito dele, na verdade, é ser igualzinho a você. Provavelmente por isso você não o suporte – Jacqueline sorriu, roubando um gole do martini de Ângelo.

– Pode ser. Mas incrível mesmo é sua filha. Você sim devia cuidar melhor dela. Ou será que ela é parecida demais com o Bruno para que você possa suportar? – Recuperou o copo de martini, erguendo-o em brinde, e seguiu em direção a Guilherme.

– Para quem você continua fazendo essa cara de sofrimento? A plateia já foi, Guilherme!

– Desde quando você se importa? – Guilherme respondeu secamente.

– Desde quando você permite? – Ângelo rebateu. – Você sempre viveu agarrado nas saias de alguém. Primeiro da sua mãe, depois da Helena e agora, embora finja que não, na daquela menina. E sabe o que é mais deprimente? Sua mãe ainda encoraja isso porque, já que você não foi capaz de se casar com a Helena, que pelo menos seja com uma Garcia Leal. Você sempre se achou tão esperto, Guilherme... mas nunca passou de uma marionete na mão de todas elas. O problema é que nenhuma mulher quer ser mãe do namorado. E você nunca deixou de ser isso: um filho.

– Talvez porque eu nunca tenha tido exemplo do que é ser um pai ou mesmo um homem de verdade. Te parece plausível?

– Olha só pra você... – Ângelo respondeu depois de alguns segundos encarando Guilherme – tem meus traços, meu jeito. Tem os olhos incríveis da sua mãe. Teve tudo o que sempre quis e terá tudo o que vamos deixar. Que imenso desperdício você é, Guilherme Lunardelli. Que vergonhoso e imenso desperdício.

Guilherme sentiu que as lágrimas viriam depois que Ângelo deixou a varanda. Decidiu não fazer nada a respeito e deixar que caíssem enquanto continuava contemplando a inútil vista para o mar. Não fazer nada a respeito, aliás, era o que vinha praticando cada vez mais. Guilherme não se parecia em nada com o orgulhoso capitão do time de futsal do Santo Agostinho. Era só uma sombra do que tinha sido e do futuro brilhante que não tinha se concretizado. Era um desperdício. Um vergonhoso e imenso desperdício.

Helena e Fabrizio pegaram um táxi e chegaram ao apartamento antes de todos. Precisavam de um tempo sozinhos antes dele ir para o hotel. Os dois estavam deitados de barriga para cima e mãos dadas, encarando o teto lado a lado na cama de Helena. Pareciam exaustos e apreensivos.

– Você acha que alguém percebeu? – Helena perguntou.

– Claro que não! Como poderiam?

– Eu não sei... fiquei preocupada. Especialmente com o Pedro.

– Mas eu não quero saber de preocupação e muito menos de Pedro, *capiche*? – Fabrizio rolou por cima de Helena brincando de fazer cócegas até que ela implorasse para ele parar, morrendo de rir.

Nesse momento, Pedro, que tinha conversado com Amélia por todo o caminho e estava determinado a pedir desculpas, abriu a porta.

— Helena, eu... – parou diante da cena.

Ops, Pedro! Que *timing* péssimo!

Helena empurrou Fabrizio em uma reação espontânea e levantou da cama num salto.

– Pedro, espera! Não é...

– É sim! – Fabrizio correu mais rápido do que ela e fechou a porta. – É exatamente o que ele estava pensando e é bom que vá entendendo isso.

Henrique chegou e encontrou Pedro voltando transtornado pelo corredor.

– Tá tudo bem?

– Não. Não tá nada, nada bem. Quer saber? Eu preciso sair desse aparamento, tomar um ar... e você vai comigo!

Pietra estava pegando mais uma taça de champanhe na festa de Julia Bianchini no Copacabana Palace. A pista fervia ao som de um DJ neo-zelandês que, além de ser um gato, flertava com Pietra o tempo inteiro.

– Era disso que você estava precisando, amiga! – Beatriz Weissman abraçou Pietra. – Oxigênio!

Sim, era disso que ela precisava. Champanhe, música alta, uns bons amassos e...

— Guilherme!

– O quê?! – Beatriz perguntou sem entender.

– É o Guilherme me ligando! – Pietra parecia incrédula.

– Não atende, Pi! Pela sua saúde mental, não atenda esse...

– Alô, Guilherme?

— Ainda na festa? – a voz dele parecia fraca.

– A...inda – tentou segurar a alegria por ele ter se lembrado de que ela iria a uma festa. – Mas não tô te ouvindo, a música tá muito alta.

– Chega mais perto da porta, preciso que você me escute.

Pietra desceu as escadas correndo e cruzou o saguão até a porta.

— Oi, tá me ouvindo melhor agora? – quase deixou o celular cair.

O Jaguar vermelho estava parado na porta do Copa. Guilherme estava encostado nele, de frente para ela. Não tinha a pose de sempre, nem o peito estufado, muito menos o olhar sarcástico.

Pietra se aproximou devagar. Queria tanto abraçá-lo e dizer que o que quer que estivesse errado ficaria bem. Mas tinha medo de que qualquer movimento mais brusco pudesse fazê-lo se afastar novamente.

— Estou te escutando bem agora... – parou diante dele.

Guilherme esboçou um sorriso e entrou no carro. Pietra realmente achou que, mais uma vez, ele fosse embora. Mas viu a porta do carona se abrindo para que ela entrasse também.

Sem pensar duas vezes, entrou sem olhar para Guilherme, que arrancou com o carro em segundos. Ela não sabia para onde estavam indo, mas tinha certeza absoluta de que era o caminho errado.

III – SÓ PRECISAVA DE VOCÊ AGORA

It´s a quarter after one
I'm all alone and I need you now
Said I wouldn't call
But I lost all control and I need you now
And I don't know how I can do without
I just need you now
Lady Antebellum – Need you Now

O tempo tinha passado rápido desde o último aniversário de Pedro Bacelar. Ele tinha comemorado com os pais e dois amigos jogando boliche. Pouco tempo depois, foi justamente um desses amigos que pediu sua ajuda em um show da Rihanna e... bom, o resto da história nós já sabemos muito bem. Ao mesmo tempo, parecia uma eternidade se Pedro fosse pensar nas mudanças ocorridas nesses doze meses. Era outra vida, embora ele ainda fosse o mesmo Pedro (ou pelo menos estivesse convicto disso). Era fácil se perder quando todos os pontos cardeais tinham mudado de lugar. Mas a única dificuldade de Pedro parecia a de encontrar não a si mesmo, mas o lugar onde poderia comemorar seus 27 anos.

Embora tenha relutado, Amélia o tinha convencido de que era necessário comemorar. Em pleno horário de expediente, recebeu uma ligação de Henrique dizendo que o Espaço 7zero6 estava reservado para sua festa. Claro que Henrique não contou que Helena tinha organizado tudo e chamado todos os convidados (incluindo os pais dele), ou isso deixaria Pedro mais desconfortável do que já estava. Mas foi justamente para ela que ligou logo em seguida.

– Helena? Oi... Eu sei que não andamos conversando muito

ultimamente, mas amanhã é o meu aniversário e o Henrique me convenceu a comemorar hoje no...

— 7zero6?

– Isso! Como é que você sabe?

– Ele me pediu o telefone de lá mais cedo.

— Bom, enfim... Eu gostaria que você fosse. Mesmo.

– Não precisa implorar – fazia tempo que ela não brincava com ele daquele jeito – estarei lá. Estaremos. Eu e Fabrizio.

Aquele final tinha sido totalmente desnecessário para Pedro. Volta e meia, ele fazia questão de fingir esquecer aquele encosto mediterrâneo, mas frases assim eram melhores que qualquer *post-it*.

Desligou o telefone, mas permaneceu imóvel por alguns segundos em sua mesa. Entortou a boca como fazia quando estava contrariado ou quando estava confuso e precisava pensar. Talvez naquele momento estivesse extremamente contrariado e ao mesmo tempo absolutamente perdido, então o tal biquinho (que, cá entre nós, era um chame à parte) estava mais do que justificado.

– Amanhã é seu aniversário? – a voz da colega da mesa ao lado cortou o silêncio.

Giovana e Pedro nunca haviam conversado, embora sentassem lado a lado. "Bom dia" e "até amanhã" eram o ápice do relacionamento. E quando vinham acompanhados de um sorriso de boca fechada, era quase intimidade! Ela tinha sido contratada pouco antes dele e era tão tímida quanto. Pedro tinha se surpreendido com a pergunta, mas acabou respondendo automaticamente logo em seguida:

– É, é sim. Marcaram uma comemoração pra mim nesse 7zero6.

– O lugar é incrível. Já li a respeito dele. Cada festa maravilhosa por lá, mas não é pro meu bico.

– Bom, se você quiser ir, acho que não tem problema!

– Imagina. Sua namorada pode não gostar disso.

– Namorada? Não, eu não tenho namorada e a... – nesse momento, Pedro sentiu pela primeira vez uma vontade quase infantil de dar o troco. – Na verdade, acho que seria ótimo se você fosse. Posso te pegar em casa umas nove, tudo bem?

O sorriso de Giovana em resposta deixava claro que não era exatamente o 7zero6 que a interessava. Não era estranho que Pedro não tivesse reparado nisso antes, já que era o único no setor a não comentar o quanto a descendente de índios chamava atenção com seus longos cabelos negros e traços exóticos. Mas a possibilidade que viu na ida da colega de departamento conseguiu ultrapassar seu alto grau de distração. Se Helena ia acompanhada, não seria o próprio aniversariante a, mais uma vez, aparecer sozinho.

Guilherme aceitou o convite de Henrique prontamente, chegando em casa quase uma da tarde, depois de passar a noite toda fora e sem dar notícias. Manuela confirmou por ela e por Felipe assim que soube da festa. Beatriz Weissman pediu para levar um acompanhante, só não mencionou que essa pessoa respondia pelo nome de Pietra Garcia Leal. Dois velhos amigos de Pedro e vários ex-colegas da faculdade dele e de Henrique também disseram sim ao RSVP de improviso. Só Amélia não podia ir; tinha prometido conversar com Luiza. O tom da amiga de infância a deixou preocupada, e o fato de estar distante nos últimos meses a fez desmarcar qualquer compromisso para que pudesse atendê-la no que fosse necessário.

Mas, antes, fez questão de dar um presente especial a Pedro. Entrou no quarto dele enquanto terminava de se arrumar e colocou uma caixinha em cima da cama, sentando-se na poltrona ao lado em seguida.

— Uma pena não poder ir ao seu aniversário, meu filho. Você sabe o quanto é importante pra mim.

— Eu sei sim, Amelinha. E acho que nunca vou conseguir agradecer o suficiente por tudo o que você representa pra mim. Você sabe disso também, não sabe? – sorriu quando ela concordou com a cabeça e só então viu a estreita caixa em cima da cama. – O que é isso?

— Bom, independente do que seja, espero que ela não se abra sozinha.

Ele riu e se sentou na cama, abrindo com cuidado a caixa que continha uma caneta. Antiga, embora em perfeito estado de conservação. Passou o dedo pelo trabalho cravejado ao longo do corpo dela. Cada detalhe.

— É uma Caran D´Ache – Amélia interrompeu seu estudo do objeto, dando uma explicação que, a princípio, só trouxe mais dúvidas diante do nome que ele nunca tinha ouvido falar. – É uma caneta clássica, que homenageia os relógios suíços. É uma edição limitada, bem poucas foram feitas. Essa era do meu irmão.

Pedro não sabia que a caneta era uma das dez mais caras do mundo, ou que, se um dia mostrasse isso a algum dos chefes de nariz empinado do banco, chamaria mais atenção do que se fosse vestido de She-Ra em uma sexta-feira casual, mas o que chamou a atenção dele foi de onde a caneta veio. Amélia raramente falava de seu irmão mais velho. Era o rapaz na foto da mesa de cabeceira dela, com um sorriso franco e expressivos olhos castanhos, vestindo uniforme militar e parado na frente de um avião de guerra. Álvaro, o maior orgulho dos Piva de Albuquerque. Daquelas pessoas que fazem o combo aluno exemplar da escola militar, filho dedicado, irmão que é melhor amigo e, além de tudo, abusam somando isso ao título de herói de guerra. Quando Álvaro morreu junto com a esposa em um acidente, deixando um filho que mal tinha saído das fraldas e ainda chamava a tia Amélia de "Méia", ela se revoltou. É difícil para qualquer um entender por que uma vida tão promissora se transformava em nada de um segundo para o outro. Mas não era nada. Ele havia deixado Bruno, que Amélia, solteira, aos quase trinta anos de idade, tomou para si como um sopro de vida e criou com todo o amor que sequer sabia que tinha dentro dela. E esse mesmo destino torto tinha feito com que Bruno lhe desse Henrique e Helena, que ela também acabou criando. Álvaro tinha partido cedo demais, mas não sem deixar para a irmã a maior das fortunas: um sentido para a vida.

— Eu não posso aceitar, Amélia – Pedro estava sinceramente emocionado, mas não se sentia confortável para aceitar um presente de tamanho significado. – O Henrique ou a Helena podem querer ficar com isso. Era do avô deles! Isso é... isso é uma joia de família, Amelinha. E eu sequer faço parte dela.

— Nunca mais diga isso ou eu não só tomo a caneta de volta como também tranco esse quarto por fora e te deixo preso no dia do seu aniversário! – Pedro não pôde deixar de rir. Ela sempre conseguia isso. – Álvaro me deu o Bruno, que me deu o Henrique e a Helena que, indiretamente, me deram você. Essa é a minha família. Muito mais do que o sobrenome, que às vezes acho que mais pesa do que acrescenta. Esses são os laços que eu escolhi ter. Henrique ficou com o relógio de estimação do avô. Helena com a medalha de São Bento que ele sempre dizia que tinha sido a responsável por ele ter sobrevivido na guerra. – Pedro se desligou por alguns segundos e lembrou da pequena medalha de ouro que Helena não tirava nunca do peito, presa em um cordão de ouro bem fino. E quase se desconcentrou ao lembrar da noite em que ela dormiu em seu peito e ele sentiu a medalha gelada contra a pele. – Eu fiquei com a maior herança dele, você sabe. E você acabou fazendo parte dela. E por isso, meu filho, essa caneta que ele adorava agora é sua. Para que você escreva seu destino da melhor forma possível. E eu sei que você vai.

Amélia levantou e beijou a cabeça de Pedro, que ainda estava sentado olhando para a caneta. Ele quis muito dizer alguma coisa que estivesse realmente à altura daquele momento, mas o nó na garganta era tamanho que nada conseguia abrir passagem para sair. Ela viu seus olhos cheios d´água e teve todo o agradecimento que precisava. Saiu do quarto para não se atrasar para o encontro com Luiza. E ele apertou o nariz e fungou com força para tentar engolir o choro. Também não podia se atrasar para a própria festa. Ainda nem estava pronto e já era quase hora de encontrar Giovana. Mas quem aqui não sabe que não era ela que ele mal podia esperar para encontrar? Não era ela que ele esperava que um dia fizesse parte da vida que queria escrever para si. Agora, mais do que nunca.

Henrique foi o primeiro a chegar ao 7zero6 para ajudar no que fosse necessário. Pouco tempo depois, Beatriz e Pietra entraram.

– Então agora você vem camuflada de +1 da Beatriz? – Henrique deu uma bronca em tom de brincadeira.

– Ah, qual é, Henrique? – Pietra protestou ao dar dois beijinhos nele. – O Pedro não tem motivo pra ter nada contra mim. O aniversário não é dele? Então...

– Não tem que ele saiba, né? Com você não se pode dormir no ponto, Pietra! – puxou a orelha dela. – Agora vamos deixar de papo que eu estava até agora esperando companhia para o primeiro drinque.

Vários outros convidados já estavam na festa quando Helena e Fabrizio chegaram ao saguão do Hotel Praia Ipanema no mesmo momento que Manuela e Felipe. Os quatro conversavam animadamente enquanto esperavam o elevador.

– É esse o elevador para o 7zero6? – uma voz feminina e madura interrompeu o papo.

– É esse mesmo! – Manu se virou para responder e deu um sorriso sem graça em seguida. – Como vai a senhora?

Helena conhecia o sorriso torto da amiga e tentou entender quem era a mulher que havia deixado tamanho desconforto. Pouca gente no mundo tinha capacidade de deixar Manuela Garcia Leal sem graça. E esse fenômeno estava acontecendo ali, enquanto os números do display ao lado da porta do elevador mudavam lentamente em ordem decrescente, como sempre acontece quando mais precisamos que ele chegue rápido.

– Bem. E vejo que você também – a senhora em questão respondeu com um meio sorriso, claramente se referindo a Felipe. – Tenho certeza de que sua avó concordaria comigo.

– Só eu não estou entendendo nada?! – Helena se manifestou, já inquieta, vendo que a amiga estava constrangida diante da situação.

– Essa é a Dona Graça, mãe do Pedro. Dona Graça, essa é a Helena.

No mesmo instante o rosto de Graça mudou completamente, adquirindo uma expressão simpática que Manuela não conhecia.

– Helena, há tanto tempo queria conhecer você! Não tenho palavras para agradecer o que sua família tem feito pelo meu filho. É tão difícil ver quem abra os braços sem preconceito.

O agradecimento e a admiração eram sinceros e verdadeiramente simpáticos. Mas a última frase aproveitou a deixa para dar uma última alfinetada na família de Manuela. Mães (e elefantes) jamais esquecem!

– Na verdade, eu tinha um tremendo pé atrás com seu filho, Dona Graça. Foi minha madrinha que se encantou com ele à primeira vista.

– Tenho certeza de que era só por precaução. Eu sei mais de você do que imagina. Ouço coisas incríveis. Aliás, se você não fosse isso tudo, o Pedro não...

Helena saltou diante do elevador que chegou ao térreo e praticamente socou Manuela, Felipe e Fabrizio dentro dele, interrompendo Graça antes que ela falasse – *fatalmente* – demais.

– Vão indo ou não vamos caber todos no elevador. Eu sou claustrofóbica, tenho pavor quando fica muito cheio – disse, já apertando o botão da cobertura. – Até logo, daqui a pouquinho!

Quando o elevador fechou as portas, Graça sorriu para Helena.

– Ser amiga de verdade é outra qualidade admirável, sabe?

Helena riu. Sabia que ela tinha entendido absolutamente tudo.

– É um prazer conhecer a senhora. O Pedro vai ficar muito feliz em vê-la. E seu marido, não vem?

– Não, ele está gripadíssimo e achou melhor não vir. Mas o prazer é todo meu. E tenho certeza de que o Pedro também vai ficar muito feliz em ver você.

Essa parte, Helena já não sabia ao certo. Foram tantas coisas desde que aquele avião decolou para a Itália, que nem ela mesma sabia se ver Pedro a deixava mais feliz ou mais triste. Mas uma coisa era certa: nunca passava batido. Era sempre a droga das bochechas vermelhas, a capacidade inacreditável que as palavras ganhavam de sair trocadas e tropeçando umas nas outras... e eram sempre aquelas malditas borboletas no estômago. Inclusive ali, dentro daquele elevador, sabendo que estava prestes a vê-lo.

Guilherme chegou com seu amigo Rafael e cumprimentou a todos, com exceção de Pietra, a quem destinou não mais do que um aceno de cabeça. Ao cumprimentar Fabrizio, riu, dizendo para ele aproveitar o pouco tempo que passasse ao lado de Helena. O italiano levou na brincadeira, assim como a ex-noiva. Quem não parecia achar graça era Pietra.

– Você vai mesmo agir como se nada tivesse acontecido? – perguntou a Guilherme, em uma rara chance de estarem mais afastados dos outros conhecidos.

— E por acaso aconteceu alguma coisa? – Guilherme respondeu sorrindo sarcasticamente. – Ou pelo menos alguma coisa de importante?

Pietra se sentiu partir ao meio, mas ficou firme no lugar em que estava depois de Guilherme ter voltado para perto dos demais. Há quatro dias eles tinham saído juntos do Copacabana Palace e ido para um lugar onde não pudessem ser encontrados. Guilherme estava despedaçado naquela noite. Os dois conversaram como ela nunca pensou que conseguiriam. Viu como ele era de verdade, em suas inseguranças, seus medos, suas fraquezas. O que aconteceu sem seguida foi bem diferente da primeira noite que passaram juntos. Existiu conexão, sentimento, cumplicidade. Desde então não tinham conversado, mas a última coisa que Pietra podia prever é que ele ignorasse tudo o que viveram e sentiram. Era ela que costumava enganar os outros. Mas, dessa vez, parecia ter enganado a si mesma.

Quando Pedro chegou com Giovana, o parabéns entoado por todos os convidados teve duas baixas. Manuela, que olhava para aquela que acreditava ser a rival para quem tinha perdido Pedro, e Helena, que parecia transtornada com a ideia de vê-lo com outra pessoa. Fabrizio chegou a colocar as mãos na cintura da namorada e puxá-la para junto dele, marcando território. Pedro foi depois até a mesa onde estavam os quatro e cumprimentou a todos, apresentando a acompanhante.

– Essa é a Giovana, ela trabalha comigo no BNDES.

– Eu não lembrava do Henrique ter convidado seus amigos do BNDES – Helena quase se entregou, já que ela mesma tinha se encarregado dos convites.

– Ele não convidou mesmo. Nenhum dos meus colegas veio, na verdade. Só a Giovana, claro...

O "claro" ecoava na cabeça de Helena de uma forma que ela não podia disfarçar. Não havia nada de "claro" para ela! Estava em um daqueles momentos em que até os pensamentos são obscuros como a vontade de dar uma cadeirada acidental na sorridente coleguinha de Pedro. Quem nunca?

– Muito prazer, Giovana. O Pedro não comentou com a gente a seu respeito. – Manuela tentou cutucar à sua maneira, dando a entender que a nova personagem na história não passava de figuração, sem a menor importância na vida de Pedro. E torceu, cruzando seus dedinhos de unhas pintadas de ouro perolado.

Entrar de penetra no Clube dos Herdeiros não era propriamente fácil. E não adianta dizer que foi a convite de Pedro, já que ele mesmo não era um dos membros. Giovana tinha sido lançada aos leões, ou melhor, às leoas. E Pedro parecia estar se divertindo com o Coliseu que havia se tornado aquela mesa do 7zero6.

Pouco depois, quando Pedro já estava dando a devida atenção à mãe e Giovana parecia um acessório pouco portátil, Helena foi puxada por Fabrizio para a área externa, próxima à piscina.

– Você quer que todo mundo perceba o que está acontecendo aqui? Ele, principalmente?

– Não, Fabrizio! Eu só não consegui me controlar vendo ele com aquela... aquela... aiii! – Helena se sentou na beira da espreguiçadeira.

Fabrizio ajoelhou-se no chão em frente a ela.

– Sinceridade? Sou muito mais você. Ela é diferente, chama atenção. Mas não tem nem a metade do que você tem. Não é Helena o suficiente.

Helena riu e se levantou.

– Não sei o que eu faria nesse momento sem você. Você tem sido um amigo incrível.

– E eu?! O que eu faria da minha vida se não fosse pela sua amizade? O que você está fazendo por mim... Eu amo você, Helena!

– Também te amo, querido. É uma pena que não da maneira que eu amo o Pedro.

– Sorte a minha, porque eu te juro que você seria a única mulher no mundo por quem eu me tornaria hétero. E isso inclui a Madonna, ok?

Os dois riram e saíram abraçados. Passaram por Beatriz, que estava no celular próxima à porta. Só não perceberam que ela apenas fingia conversar com alguém quando, na verdade, tinha ouvido tudo o que disseram.

– Preciso te dizer uma coisa, Manu – Felipe falou em tom baixo, quando ficaram só os dois na mesa.

– Pode falar! – Manuela não conseguia se concentrar totalmente no que ele dizia. Tinha como concorrente a conversa animada de Pedro e Giovana próximos a uma das janelas do salão.

– Eu vou passar um tempo longe disso tudo... de você.

– O quê? – Manuela se virou, tomando um susto.

– Vou entrar de férias na semana que vem e, embora tivesse planejado levar você para conhecer o restante da minha família em Floripa... Acabei mudando alguns planos. Vou pra Austrália no domingo. Passo praticamente um mês lá.

– Um mês... – Manuela tinha a voz ligeiramente embargada. – E depois?

– Depois? A gente vai ter bastante tempo pra descobrir o que acontece depois, Manu.

– Eu vou sentir sua falta. De verdade...

– Eu sei – Felipe lhe roubou um beijo. – Também vou sentir a sua... – outros três roubos, mas dessa vez consentidos. – Mas a gente precisa disso. Eu, pelo menos, preciso.

– Eu sei – foi a vez de Manu beijar Felipe. – Eu sei...

Pedro tinha acabado de conversar com os meninos da faculdade e estava voltando para a mesa da mãe quando foi interceptado por Beatriz.

– E o aniversariante nem vai falar comigo?

– Desculpa, Beatriz. Não estou acostumado com tanta gente pra dar atenção.

– Mas eu não sou “tanta gente”! Achei que fosse mais especial que isso – Beatriz se aproximou, deixando Pedro nitidamente desconfortável. – Posso saber por que a defensiva? É por causa da indiazinha que veio com você? – sorriu, aproximando-se ainda mais. – O lance de vocês é de verdade ou é só fachada também?

– Não tem lance nenhum, Beatriz. E por que "também"?

– Ah, sei lá, depois da Helena, vai ver que virou moda ter namorado de mentira.

– Namorado de mentira? Do que você tá falando?

– Você também não sabia? Achei que só eu estivesse desinformada até então. Pois bem, o Fabrizio ali? Gay até o último fio daquele cabelo lindo.

– Gay? Isso não... A Helena sabe disso?

– Claro que sim, são super amigos. Algum motivo ela teve pra fazer esse teatrinho. Mas qual, não faço ideia!

Pedro quase se sentiu feliz por saber que Helena não estava realmente namorando. Quase! Afinal, seja lá qual fosse o motivo da brincadeira, não tinha graça nenhuma. Ele se expôs o tempo inteiro e foi isso que recebeu em retorno.

Foi até o centro do salão, onde estavam quase todos os convidados – com exceção de Manu e Felipe, que tinham descido para conversar a sós. Viu que Helena e Fabrizio riam, dividindo um pedaço de bolo.

– Fico feliz que você esteja se divertindo, Helena.

– A festa está ótima, Pedro... – Helena respondeu sem jeito, parecendo não entender o tom dele.

– Não, não só hoje. Mas com toda essa situação. Deve ter sido realmente engraçado me ver falando tudo aquilo, viajar sem me dizer, passar meses me deixando à sua espera e voltar com mais uma de suas surpresas. Claro que eu caí direitinho, Helena. Mas eu te juro que esperava mais de você.

– Pedro, eu não sei do que você está falando.

– Não? Achei que só eu não soubesse das coisas por aqui. Estou falando do seu namorado, Fabrizio. Ou será que namorado é a palavra certa?

– Pedro, por favor! – Helena correu na direção dele e fez com que parasse de falar. – Não continua, estou te pedindo.

– Por quê? Eu posso pelo menos saber por quê, Helena?

– Eu quero te dizer, quero conversar com você, mas agora não posso. Só preciso que você pare de falar sobre isso.

— Pode deixar, majestade. Paro de falar sobre isso e sobre

qualquer outra coisa. Não vou mais te perturbar dizendo nada do que eu sinto. Até porque, quando disse que estava apaixonado por você, acho que não te conhecia o suficiente.

Os convidados não conseguiram conter as reações de surpresa ao ouvirem que Pedro estava apaixonado por Helena. Logo se formou um barulho enlouquecedor da soma de todos os cochichos.

Pedro, que tinha lágrimas nos olhos e uma raiva incontida entalada na garganta por se sentir humilhado, respondeu:

– Obrigado pela presença e pelos presentes. Tenho certeza de que retribuí da maneira que vocês apreciam mais: com mais um tema para suas conversas da semana. Agora, se não se importam, eu vou me retirar. Desculpa, mãe.

Henrique saiu atrás dele, que dispensou o elevador e saiu descendo as escadas.

Helena estava arrasada. Não se importou com quem tinha ficado sabendo dos sentimentos de Pedro nem com quem comentava sobre a cena de novela protagonizada por eles. Só se sentia imensamente decepcionada consigo mesma porque tinha decepcionado Pedro. Tinha seus motivos. Conhecia cada um deles de cor, depois de ter repetido para seu próprio coração quantas vezes fossem necessárias até se convencer de que era a coisa certa a se fazer. Por sua melhor amiga, pelo amigo que precisava de ajuda... e pelo medo absurdo do que sentia por Pedro. Não sabia se era necessária uma coragem absurda para abrir mão de um amor daquele tamanho ou se, na verdade, o que se precisava era uma covardia infinita.

— Fabrizio, eu não sei como ele... Mas acho que não está tudo perdido. Ele não chegou a dizer o que era.

– Não pensa nisso agora. É com você que estou preocupado.

Manu estava se despedindo de Felipe quando viram Pedro e Henrique saírem como homens-bala de dentro do hotel.

— Henrique, Pedro... Tudo bem? – tentou se colocar no caminho, assustada.

– O Pedro teve uns probleminhas lá em cima, mas já vamos voltar.

– Henrique, na boa, cara, não vou voltar. Não dá, não consigo!

– Então tá bom, eu te levo pra casa.

– Pra casa?! Como é que eu vou ver... – Pedro interrompeu a própria fala, se dando conta de que Manuela ainda não sabia o que tinha acontecido. – Não dá pra ir pra casa, Henrique. Pelo menos por enquanto. E depois, preciso que você me ajude. Deixei minha mãe lá, prometi deixá-la no hotel que reservei... Putz! E a Giovana!

– Calma! Eu cuido da sua mãe e da Giovana, tudo bem? Fica tranquilo! Só não sei pra onde você pretende ir!

– Olha, eu não quero me intrometer – Felipe se manifestou – mas, se você quiser, Pedro, pode ficar lá em casa. Não é o lugar mais espaçoso nem organizado do mundo, mas tem um sofá que quebra um galho.

– Não, Felipe, realmente não quero incomodar – Pedro se surpreendeu com a atitude do ex-rival.

– Não incomoda. De verdade. Vai ser até bom ter companhia lá pra variar. Pode ficar o tempo que quiser. Eu viajo daqui a alguns dias, mas posso deixar a chave com você.

— Espero não precisar de mais do que dois ou três dias, mas... por mais que esteja totalmente sem jeito, vou aceitar seu convite sim, Felipe.

– Beleza! Eu sigo seu carro até a casa do Henrique pra gente pegar as coisas que você queira levar, e depois você me segue até em casa. É aqui em Ipanema, bem perto.

– Você é o sem-teto mais sortudo que eu já vi, Pedro Bacelar! – Henrique brincou, dando um abraço no amigo em seguida. – Se cuida, irmão! Pode deixar que eu seguro as pontas por aqui.

Henrique cumprimentou Felipe, que também se despediu de Manu, e viram os dois saírem nos respectivos carros.

– A senhorita também acaba de ficar sob minha responsabilidade. Vamos subir? – Henrique ofereceu o braço a Manu.

– É uma proposta tentadora – sorriu, baixando a cabeça em seguida – mas acho que vai ser melhor ir pra casa. Hoje preciso ficar um pouco sozinha.

– Tudo bem. Se precisar de alguma coisa... – Henrique ofereceu, já fazendo sinal para um dos táxis do hotel e abrindo a porta para ela em seguida.

– É muito bom saber disso, Henrique – Manu disse e entrou no táxi.

Graça sentou-se próxima a Helena, que estava sozinha na mesa perto da piscina.

– Imagino que esteja sendo difícil...

– Sim, ele tem toda razão – Helena respondeu de cabeça baixa.

– Eu sei que ele ainda não sabe dos motivos, mas, independente deles, ele tem todo direito de estar assim.

– Vi o quanto meu filho saiu abalado daqui e conheço bem o Pedro pra saber que são poucas as coisas que fazem ele perder o controle daquele jeito. Mas agora eu estava falando de você. – Graça surpreendeu Helena, que olhou para ela como se não compreendesse. – Imagino que esteja sendo difícil pra você lidar com isso. Esses motivos que você falou, sua melhor amiga, a cobrança das pessoas. Não preciso que você me diga que também sente por ele o que ele sente por você. Eu vejo isso. Diferente de sua amiga, que estava apaixonada por ele, pelo diferente, pelo novo. Você gosta dele de verdade. Por isso, não se sinta culpada. Amor não foi feito pra ser guardado. É feito pra fazer bem a você e a quem recebe. Ninguém tem direito de se sentir agredida pelo amor dos outros. E ele também te ama, minha filha. De um jeito que eu nunca o vi amar alguém.

– Dona Graça, eu vim resgatar a senhora! – Henrique anunciou ao se aproximar das duas.

Helena e Graça encerraram o assunto anterior apenas com uma troca de olhares cheia de cumplicidade.

– Henrique, não é isso? Eu não preciso de resgate, meu filho. Não se preocupe. Vou pegar um táxi até o hotel que o Pedro tinha reservado e pago eu mesma. Depois ele me devolve, quando puder.

– De forma alguma! Já acertei tudo com o gerente desse hotel mesmo em que a gente está. Nós nos conhecemos há bastante tempo, seu quarto já está reservado e todas as contas pagas. E, posso garantir, além do serviço, o café da manhã é delicioso. Aqui estão as chaves do quarto da senhora.

– Não tenho palavras pra agradecer. A família de vocês é tão especial. Espero que um dia o Pedro faça parte dela, oficialmente. – Graça se despediu, seguindo para sua suíte.

– Já tá assim a sogra, mandando na lata?

– Nem fala. Mas sabe que eu gostei dela? Esperava uma cascavel, da forma que a Manu pintava. Ela deve ser uma mãe maravilhosa... Mas eu não tenho nada a ver com isso e não tenho sogra nenhuma. E, falando em Manu, cadê ela?

– Já foi pra casa. Não tava legal.

– Ai, meu Deus! Será que ela soube do Pedro? Ou do Fabrizio? – perguntou assustada quando o próprio amigo se juntou a eles na mesa.

– Shhhh, calma! Nada disso. Ela parecia estar tendo uma DR com o Felipe ou coisa assim. Tava do lado de fora do hotel quando rolou a cena do Pedro. E ninguém tá sabendo do Fabrizio. Eu nem sei como o Pedro descobriu, já que não foi nem por mim e nem por vocês.

– E o Pedro? Tá bem?

– Bem não podia estar, né, Helena? Eu disse que isso era uma péssima ideia.

— Vou conversar com ele quando chegar em casa.

– Ele não vai lá pra casa. Pelo menos não por hoje.

– Como assim? – Helena sentiu faltar o chão. – Pra onde ele vai?

– Pra casa do Felipe. Isso tudo tá ficando cada vez mais irônico.

– Felipe não é o loiro de capa de revista, namorado da Manuela? – Fabrizio tentou se situar. – Mas que situação!

Helena tinha achado suficientemente estranho o fato do ex da melhor amiga estar hospedado na casa do quase atual, mas não conseguia pensar em mais nada senão na falta que sentiria de Pedro no quarto ao lado. No medo de imaginar o que passaria pela cabeça dele agora.

– Henrique, posso conversar com você rapidinho? – Fabrizio se levantou junto com Henrique, deixando Helena sozinha na mesa.

Foi naquele momento que ela pegou o celular, disposta a explicar tudo, a se desculpar, a dizer para Pedro que ele não tinha se enganado com ela e que ela não queria mais enganar a si mesma sobre o que sentia por ele. Estava quase sem fôlego de tão tensa, mas são momentos assim, de uma coragem latejante, que a gente não pode deixar passar.

Pedro estava chegando à casa de Felipe com uma mochila e uma pequena mala de viagem quando ouviu o celular. O toque de Helena ainda era o mesmo desde que ela tinha partido: "*November Rain*". Não havia como se confundir. Pegou o telefone do bolso, quase deixando-o cair. Estava tão nervoso quanto ela. Mas pensou que, o que quer que fosse ouvir, ia deixá-lo ainda mais confuso, ou ainda mais triste, ou mais magoado. Não estava preparado para nada disso. São momentos assim, de uma súbita covardia, em que a gente precisa respeitar os próprios limites, pelo menos por um tempo. Ignorou a chamada e engoliu o nó na garganta aumentando o tom da voz:

– Onde posso pendurar o terno pra amanhã, Felipe?

Henrique sentou no sofá branco ao lado de Giovana e, vendo que a moça estava sozinha e um tanto deslocada admirando a vista, levou um Cosmopolitan para ela.

– Você se importa se eu sentar aqui e pedir que você me acompanhe nesse drinque? Dizem que só mulheres bebem Cosmopolitan, mas... ah, qual é? Por que só vocês podem ficar com as bebidas mais elaboradas e a gente só pode beber diesel e afins?

Giovana riu, aceitou a bebida e se apresentou.

— Eu sou a Giovana, prazer. Trabalho com o Pedro.

– Eu sou o Henrique e sei de tudo isso – sorriu. – O Pedro teve um imprevisto, Giovana, mas ficou preocupado com você.

– É, eu meio que vi o tamanho do imprevisto. Eu e todo mundo, acho. Ele está apaixonado pela garota de vestido azul plissado ali no canto, não é? A que me olhou torto a festa inteira. E eu me sinto totalmente idiota por ter vindo.

– A garota de vestido azul e de olhar torto é Helena, minha irmã.

– Ok, agora eu me sinto ainda mais idiota! – Giovana riu totalmente sem graça, mas se sentiu mais à vontade quando viu que Henrique ria também. – E então, você veio falar comigo porque o Pedro pediu? Tá tudo bem. Eu sei pegar um táxi de volta, viu?

– Idiota seria eu se estivesse falando com você só por isso ou se deixasse você voltar pra casa de táxi sozinha. Agora que a gente já falou do cara com quem você teve um quase-encontro e você já deixou claro que acha a minha irmã uma nojenta, a gente pode recomeçar melhor? Me fala mais sobre o seu trabalho lá no BNDES...

Giovana finalmente relaxou e sentiu que seu azar podia estar sendo substituído por um golpe de sorte surpreendente.

Helena achou estranho o fato de Fabrizio ter simplesmente evaporado da festa, mas não tinha cabeça para pensar em mais nada. Pegou a bolsa e já estava de saída quando Guilherme veio em sua direção.

– Quer dizer que o Tijucano teve a audácia de se apaixonar por você?

– Gui, desculpa, não quero falar sobre isso.

– Ei, tudo bem. Só tava brincando, não precisamos conversar sobre isso e nem sobre nada referente a essa festa que, convenhamos, já deu. Você tá saindo? Posso te levar.

– Eu tô de carro, não precisa.

– Eu deixo o meu aí e venho buscar depois. Estou praticamente do lado de casa, problema nenhum. Além de estar sentindo falta da sua companhia, ando com saudades de dirigir sua Pajero. Posso?

Helena riu e entregou as chaves a Guilherme. Passaram por

Pietra no caminho, que puxou Guilherme enquanto Helena se despedia de alguns conhecidos.

– Você vai mesmo me deixar aqui para levar a dondoca em casa? Você não tem vergonha, Guilherme?

– Vergonha eu tenho das coisas que faço em noites de cabeça cheia. Mas hoje estou em meu juízo normal e, consequentemente, indo pra casa com a mulher que amo. Até mais, Pietra!

– Ela não vai voltar pra você, Guilherme! Não importa o quanto você faça esse papel patético, ela nunca vai voltar pra você!

Guilherme respondeu gestualmente, se aproximando de Helena, que estava de costas falando com Paula Hormes e colocando uma das mãos ao redor de sua cintura. Com a outra, fez uma continência para Pietra, antes de saírem.

Felipe estava no banho e estranhou quando a campainha do apartamento tocou. Gritou lá de dentro pedindo que Pedro abrisse. Ele escutou do sofá da sala, onde estava esparramado em um aniversário que o fez morrer de saudades do boliche na Zona Norte. Levantou, esfregando os olhos e ajeitando o máximo que pôde os cabelos. Abriu a porta e se surpreendeu ao ver Fabrizio do outro lado dela.

– Pedro, você tem um minuto? Acho que precisamos conversar.

IV – AO MENOS UMA VEZ

Quando descobri que é sempre só você
Que me entende do início ao fim.
E é só você que tem a cura pro meu vício
De insistir nessa saudade que eu sinto
De tudo que eu ainda não vi.
Legião Urbana – Índios

– Até agora não entendi por que você tinha que contar tudo, Fabrizio! Você realmente disse tudo? Tudo quanto?

— Tudo, Helena. E, sinceramente? Acho que foi bem melhor assim.

– Mas e se isso colocar tudo a perder? Se seu pai mudar de ideia às vésperas de...

– Não importa, amore! Já era hora de ele me aceitar ou não como eu sou. Não me envergonho de nada e cansei de me esconder.

Já tinha se passado quase uma semana desde o aniversário de Pedro, e eles se referiam agora à conversa que Fabrizio foi ter com ele depois que a festa tinha terminado. Se você está se perguntando nesse exato momento o que afinal Pedro descobriu através de Fabrizio, não se sinta uma vítima da exclusão. Eu mesma acabei de saber! Parece que Helena e o charmoso italiano se conheceram em Milão sim. Mas não há poucos meses, como contaram, e sim há alguns anos, quando Helena foi conferir de perto a Fashion Week Italiana e teve uma identificação imediata com o herdeiro de uma gigante da indústria têxtil do país. A amizade e cumplicidade entre os dois sobreviveram à distância, e foi Fabrizio a primeira pessoa em quem ela pensou quando resolveu sumir do Rio de Janeiro por um tempo. Ele foi o real motivo de Milão ter sido o destino escolhido. Acontece que, quando Helena chegou lá com o coração partido, descobriu que seus problemas não eram mais sérios que os do amigo. Giacomo, pai de Fabrizio, resolveu se aposentar para curtir a tranquilidade da Toscana. Para isso, precisaria escolher um sucessor para seus negócios na Itália, e teve Paolo, o filho mais velho, como candidato natural ao cargo. Fabrizio achou então que seria justo pedir que sua parte no negócio fosse a permissão para expandi-lo para outros países, começando pelo Brasil. A capacidade de Fabrizio já tinha sido comprovada e Giacomo não viu embargos financeiros na proposta do filho. Só havia um obstáculo: era preconceituoso o suficiente para não confiar o negócio ao filho se continuasse desconfiado a respeito de sua opção sexual. "*O que ele acha, que por ser gay vou transformar a empresa em uma boate de transformistas?!*" – Fabrizio costumava se perguntar, indignado. Mas o que estava em jogo era uma decisão que determinava seu futuro, por isso concordou com a proposta de Helena. Fingiram ser namorados durante o período da decisão do pai. Uma vez que o martelo fosse batido e Fabrizio estivesse com o que queria nas mãos, poderiam subir as cortinas e dar a peça como encerrada. Giacomo estava radiante com o namoro do filho com uma moça tão perfeita, e tudo parecia estar caminhando na direção certa. Mas agora parece ter havido uma reviravolta em cena. Será que o espetáculo deve mesmo continuar ou o dinheiro das entradas deve ser devolvido a uma plateia que se sente enganada?

Pietra chegou em casa às cinco da manhã e encontrou o avô com vários papéis e uma máquina de calcular sobre a mesa.

– Era com o Guilherme que você estava até agora?

– Com... Por que essa pergunta, Vô? – Pietra não conseguiu responder.

Desde o incidente na noite de noivado de Helena e Guilherme, nem os avós, nem Manuela, falavam direito com ela. A abordagem preocupada do avô era motivo de alegria, mesmo que ela não pudesse retribuir lhe deixando igualmente contente se desse a resposta verdadeira.

Evandro tirou os óculos e os deixou sobre a pilha de papéis, esfregando os olhos lentamente em seguida.

– Não acho que ele seja má pessoa, Pietra. Nós o conhecemos desde menino. Só acho que ele não faz bem a você, entende?

– Eu... – Pietra nunca tinha conversado sobre Guiherme com qualquer pessoa que não fosse Beatriz. Desabafar com o avô parecia no mínimo estranho. – Eu gosto muito, muito dele.

Evandro fez sinal para que a neta sentasse ao seu lado e pôde ver o quanto ela parecia frágil naquele momento.

– Sei que gosta. E não veria nada de errado nisso se ele gostasse de você da mesma maneira. Você já parou pra pensar em quantas coisas deixou para trás para conseguir ficar perto dele? Para manter uma coisa que nunca foi sua? Eu tenho duas netas maravilhosas, sabia? Lindas, inteligentes, cheias de personalidade e, embora sejam diferentes em tantas coisas, as duas têm uma coisa igualzinha: um coração que sempre fala mais alto do que a cabeça. Vá atrás do que você quer, Pietra. Mas se certifique de que o que você quer também quer você. Não tenha medo de perder o Guilherme! Tenha medo de se perder tentando ganhá-lo!

Pietra se sentiu ridícula por não ter segurado as lágrimas. Evandro sempre foi a pessoa mais próxima dela na família. Enquanto Manuela entretinha o restante da plateia com seu charme, era com o avô que Pietra assistia filmes de faroeste no sofá da varanda. Com seis anos de idade, já tinha um vasto conhecimento sobre John Wayne e Lee Marvin, assim como adorava pegar no sono enquanto o avô escutava Ray Charles quando voltava do escritório. Eram companheiros inseparáveis e, por causa das horas incontáveis de *Bang Bang*, era chamada pelo avô de Comanche. Chegando à adolescência, sentiu o laço se tornar cada vez mais solto, e sabia que era a responsável por puxar cada vez mais uma das pontas até que ele se desfizesse. A distância, as decepções provocadas por ela e o silêncio dele em resposta pareciam traçar um caminho sem volta. Ela não lembrava mais a partir de que momento não havia mais faroeste ou Ray Charles, nem quando deixou de ser chamada de Comanche. Mas foi ali, naquele momento na sala, com a maquiagem borrada e os cabelos despenteados, que percebeu que o avô nunca tinha ido embora. Continuava exatamente ali, com suas camisas bem passadas e seus óculos de hastes escuras, com ouvidos e ombros prontos desde aquela época, à espera de uma neta que andou longe por tanto tempo.

Pietra enlaçou o avô em um abraço apertado e repentino que ele não só entendeu como também retribuiu.

— Era com ele que eu estava – sussurrou embargada, prendendo um choro ainda maior.

— Eu sei – ele sussurrou de volta, sorrindo. – Só quero que da próxima vez que estiver com ele, seja você a pessoa com quem ele quer estar.

Henrique não poderia estar mais feliz com as recentes conquistas da Improve. Várias empresas vinham buscando a mão de obra qualificada por eles, principalmente depois do comentadíssimo artigo do Estadão sobre a empresa. A ideia arriscada deu origem a um negócio pioneiro e extremamente bem sucedido. E, com tantos motivos para comemorar, resolveu fazer a Festa Rock no Costa Brava que acontecia naquela noite – razão de centenas de sortudos que figuravam entre os convidados disputarem a tapa as melhores roupas pretas da estação. Todo mundo queria estar perto do novo Midas do Rio de Janeiro!

— Vou, claro! – Helena respondeu a Guilherme pelo telefone, enquanto se arrumava. – É a festa do meu irmão!

– Imaginei. Fabrizio está sabendo que é rock? Cuidado pra ele não ir com aquelas camisas de Sidney Magal italiano!

— Ok, Guilherme! – Helena pontuou, rindo da implicância do ex-noivo. – Na verdade, ele não vai à festa porque viaja amanhã para a Itália.

– Já tirando férias do namoro?

– Poupe suas piadinhas, Guilherme. Primeiro porque ele vai a uma reunião de negócios com o pai. E segundo porque não estamos mais juntos. Somos grandes amigos, mas só isso daqui pra frente – adiantou a informação, que provavelmente já correria a cidade em breve.

– Terminaram? – sentiu seu coração bater como se estivesse na garganta. – E você vai sozinha?

– Tenho impressão de que consigo dirigir meu carro e me ambientar na festa do meu próprio irmão, não? – brincou, enquanto finalmente acertou o último grampo, prendendo uma mecha em torno do rabo de cavalo perfeito que conseguiu fazer.

– Faço questão de ir com você!

– Melhor não, Guilherme! Prefiro ir no meu carro. Assim posso voltar quando quiser e...

— *Voltamos* quando você quiser! A senhorita ganhou serviço gratuito de motorista e de quebra levou o acompanhante mais bonito da festa. E, não, não tem direito a devolução.

– Tá booom, Guilherme! Meia hora, então?

— Meia hora!

Helena ainda estava sorrindo quando desligou e se viu no

espelho. O sorriso, embora sincero, era sem graça. Ela ainda tentava encontrar o tom na relação com Guilherme para que ele não confundisse as coisas, a despeito do carinho imenso que sentia por aquele que fazia parte da sua vida desde... desde o tempo em que ela ainda não conseguia disfarçar tão bem seus sentimentos. Pelo menos, para os outros. Levantou o telefone de novo e abriu os contatos. Passou o dedo sobre a foto de Pedro ao lado do nome. A falta que sentia dele se refletia em tudo, o tempo todo. Era como uma sombra, uma névoa, um aperto que nunca deixava que as coisas tivessem o mesmo gosto. Tudo tinha um *aftertaste* amargo ou era insosso. Onde quer que ela estivesse parecia o lugar errado porque ele não estava lá. Se sentiu tão estúpida por tentar com tanta força afastar a pessoa de quem mais quis estar perto na vida! Veio aquele frio na barriga, aquela vontade de consertar tudo, de mudar tudo, de seguir o coração que, no caso dela, era freguês do cérebro. Ligou pra ele mais uma vez. Quis explicar seus motivos. Quis pedir desculpas. Quis pedir pra ele ignorar tudo que ela tinha feito desde o dia em que ele se declarou, na chuva, no vento... no dia em que ela foi embora. Mas mais uma vez ele não atendeu. Ajeitou o traço do delineado que começou a borrar com as duas lágrimas que não conseguiu conter. Perfeito. Respirou fundo, estava pronta.

Guilherme mal desligou com Helena e entrou uma ligação de Pietra:

– Que demora! E então, já posso ir pra sua casa? Seus pais já viajaram?

– Putz! Não, Pietra, não vai mais rolar o que combinamos. Foi mal.

– Como assim? Eu já tô pronta! O que aconteceu?

– Resolvi ir à festa do Henrique.

– Mas você não disse que não ia pra não ver a Helena com o tal namorado? Bom, tudo bem, só vou trocar de roupa então e te encontro lá.

—A Helena e aquele cara terminaram e... Eu vou com ela.

Pietra desligou sem se despedir. Foi até a mesa onde o avô estava novamente imerso em papéis.

— Posso te ajudar com isso?

– Com os papéis? – Evandro se surpreendeu, olhando a neta por cima dos óculos. – Você se arrumou assim pra isso?

– Qual é, vô? Não tá óbvio que eu levei um fora? Posso te ajudar agora? Afinal, o que são todas essas contas?

— Isso aqui... nada demais. Aliás, tão pouco importante que não merece tomar o nosso sábado! Que tal uma pausa? Pedimos uma pizza e assistimos a um filme juntos, como nos velhos tempos?

– Tem algum DVD do John Wayne aí?

– Todos! – Evandro sorriu como não sorria há semanas.

Manuela chegou à casa de Felipe e quem abriu a porta foi Pedro. Ela se sentiu ligeiramente desconfortável com a situação inusitada, mas ele foi rápido em chamar o dono do apartamento.

– Eu já estava de saída mesmo – pareceu um pouco nervoso, com uma calça jeans surrada e uma camiseta preta dos Ramones.

– Achei que você não fosse à festa – Manu respondeu, deduzindo para que ocasião ele estivesse vestido daquela maneira.

– E não ia – Pedro sorriu, pensando no quanto ele mesmo tinha se surpreendido com a decisão de ir. – Mudei de ideia. Tenho algumas coisas a resolver por lá. E você, não vai?

— Eu ia. Mas mudei de ideia. Tenho algumas coisas a resolver por aqui – sorriu.

Felipe chegou segurando um casaco que estava para colocar na mala e pareceu surpreso ao ver Manuela. Pedro se despediu e deixou os dois mais à vontade.

– Eu não esperava te ver hoje. Você não devia estar indo para a festa também?

– Também me perguntei isso mais cedo. E só consegui pensar que hoje é a sua última noite aqui antes da viagem e eu queria passar cada minuto dela com você.

Manu entrou empurrando o corpo contra o de Felipe e, pela primeira vez, um beijo entre os dois partiu dela.

– Você tem certeza? – Felipe reuniu todas as forças que tinha para perguntar. – Você ainda...

– Shhh – ela o silenciou com o dedo indicador encostado em seus lábios. – Esquece tudo, pelo menos por hoje! Hoje não. Hoje somos só nós dois.

Felipe não quis mais resistir, ponderar, questionar. Ele queria Manuela. Desde a primeira vez que a vira, ainda naquele momento e mais a cada segundo. Ele sabia que mesmo com os corpos de ambos tão colados, havia muito mais coisas entre os dois do que podia ignorar. Mas não aquela noite. Aquela noite eram só os dois.

– Foi daqui que pediram um motorista bilíngue, alto, forte e de olhos azuis? – Guilherme sorriu quando Helena chegou à portaria do prédio.

– Hmmm, deixa eu ver. Espera, eu pedi modesto também. Deve ter havido algum engano! – respondeu, abraçando-o em seguida.

– Você tem ideia do quanto é bom estar perto de você assim? – Gui perguntou baixinho, aproximando a boca do ouvido dela enquanto tornava o abraço mais forte.

– Vamos? – se libertou dos braços dele. – A noite é muito importante para o Henrique e você sabe o quanto detesto me atrasar!

– Às suas ordens.

Henrique chegou à festa sozinho. Tinha saído mais umas quatro vezes com Giovana desde o aniversário de Pedro. Foi a maior sequência de encontros desde Moyra. E não havia nada de errado com ela. Era bonita, engraçada, não costumava fazer muito drama para as coisas e também não o julgava por ser um Piva de Albuquerque (como aquela ex que, se vocês se lembram tão bem quanto eu, deixou metade do universo feminino revoltado com tamanha injustiça e desperdício!). Mas... faltava alguma coisa. Lembrou quando Pietra perguntou a ele se já tinha sofrido por amor e ele riu, dizendo que não, no casamento da mãe. Irônico demais, mas, quando saiu do carro sozinho e só tinha a si mesmo para compartilhar a sensação de entrar na primeira festa promovida por sua própria empresa, não se sentiu sortudo por nunca ter sofrido por amor. Isso porque talvez sofresse exatamente do oposto: não encontrar um amor de verdade. Mas não era hora para isso. Sua imagem precisava ser a de alguém bem sucedido. E alguém bem sucedido de verdade é plenamente capaz de entrar sozinho em uma festa sem maiores problemas, certo? E talvez tirar vantagem do fato de estar solteiro entre dezenas de mulheres lindas que tinham pintado um alvo em seu peito. Só porque estava entrando na festa sozinho, definitivamente, não significava que tivesse que sair dela da mesma maneira. E foi com esse pensamento que abriu o sorriso de sempre e começou a cumprimentar os convidados que já se aglomeravam desde a entrada.

E por falar nos convidados de Henrique, Amélia, apesar do imenso orgulho e entusiasmo que tinha pelo projeto do sobrinho, não estaria presente na festa. Mais uma vez, abria mão de qualquer compromisso para dedicar total atenção a Luiza. A melhor amiga já não sabia mais o que fazer com Evandro e seu silêncio imerso em números e papéis. Ela só encontrava conforto nas palavras de Amélia e, por isso, tinham combinado uma madrugada inteira jogando buraco – mero pretexto para conversarem, aproveitando o fato do apartamento estar vazio sem Helena, Henrique e Pedro.

Mas, por mais que a esposa estivesse fora a noite toda, Evandro não estava sozinho. Largar um pouco os números e parar de pensar em tudo aquilo era como um delicioso mergulho após horas sob um sol escaldante. Pietra, deitada em seu colo, com os mesmos olhos verdes atentos ao filme que tinha quando criança, trouxe a reconfortante lembrança de tempos mais simples e mais tranquilos. Evandro respirou fundo e voltou a se concentrar somente nos dilemas de John Wayne.

– Pronto, agora que já estou entregue, você está livre para se divertir na festa.

– Me divertir? – Guilherme se indignou. – Helena, nada que eu faça me diverte mais do que estar com você!

– Será, Gui? Eu sei que é difícil assimilar isso depois de tantos anos juntos, mas, por mais que a gente sempre vá ter um ao outro, precisamos seguir em frente! Você precisa encontrar alguém que te faça bem, que te deixe seguro, que te torne alguém melhor. Quero te ver sorrir de novo. Quero que você se permita isso ao lado de uma pessoa que não seja eu.

Por mais que Guilherme balançasse a cabeça negativamente e só quisesse contestar todas aquelas palavras como absurdas, estranhamente tudo o que Helena tinha mencionado só trazia à cabeça dele a imagem de uma pessoa. Claro que ele preferia estar com Helena. Mas sabia que isso não era mais uma opção. E, com tanta teimosia, com tanta negação, ele não percebeu que podia estar se recusando a ver algo evidente. Louco, ridículo, inaceitável, talvez. Mas evidente!

Helena deu um beijo no rosto de Guilherme e seguiu pelo meio da festa até se misturar aos outros. Ele respirou fundo, socou uma mão na outra e tomou coragem. Helena era seu porto seguro. Mas ele precisava perder o medo do mar e seguir viagem. Algo esperava por ele em outro lugar e ele só descobriria se finalmente desancorasse.

Pietra deu um salto mortal do sofá quando ouviu a música que era o toque de Guilherme no celular.

– Posso te pegar aí?

— E a Helena? – Tentou se controlar e manter alguma dignidade.

– A Helena está na festa. Mas se você fizer tanta questão eu posso convidar ela também! – ele era mestre em escapar de tons sérios.

– Eu não sei, Guilherme. Me comprometi com outra pessoa.

– Tem certeza que essa pessoa não pode esperar? Eu queria realmente te ver.

Pietra viu o avô ao seu lado e se tranquilizou. Ele e o velho oeste estariam ali quando ela voltasse.

– Tá bom. Quinze minutos na portaria – desligou.

– Acho que vamos ter que continuar isso outro dia – o avô se ajeitou no sofá, interrompendo o filme com o controle remoto.

– Desculpa, vô. Não fica chateado comigo!

– Claro que não! Foi ótimo relaxar um pouco, mas acho que preciso mesmo voltar ao trabalho.

– Mas vê se dorme, vô! Quer que eu faça um chá antes de ir?

– Nada disso! Vá se arrumar, minha filha – Evandro se levantou para voltar às suas tarefas, dando antes um beijo na testa de Pietra. – Cuide-se bem, Comanche!

– Ei, pra onde você foi? – Felipe perguntou à Manuela, que parecia absolutamente distraída deitada em seu peito.

– Lugar nenhum. E nem quero ir. Eu não podia imaginar que fosse sentir tanta falta mesmo antes de você ir. O que vai acontecer com a gente?

– Se for pra ser, você vai ter ainda mais certeza disso quando eu voltar.

– Vou me lembrar dessa noite por todas as noites em que você estiver longe.

– Ah, é? – Felipe se virou, inclinando-se sobre ela. – Já que a responsabilidade é tão grande, então deixa eu tornar essa lembrança bem melhor!

– Você é o dono da festa. Não precisa se preocupar em me dar atenção – falou a loira dos cabelos que pareciam perfeitos anéis dourados enquanto se sentava em um dos sofás do longe da festa, amparada por Henrique depois de um tombo que a fez suspeitar de ter torcido o tornozelo.

– Você está certa. Eu preciso é dar um jeito dos outros convidados não perceberem que só quero dar atenção a você.

Sim, Henrique era desses. Desses que sabem a hora certa de dizer a coisa certa na hora certa a ponto de você se sentir errada em não cair no papo dele. Mas estava diante de alguém que não caía nada, nada fácil.

— Ah, sim, entendi. Você é bom de cantada. Desculpa, eu sou péssima em cair nelas.

— Há poucos segundos você me parecia bastante boa em cair. Foi bem convincente...

Os dois explodiram em uma gargalhada. Sim, ele também era bom nisso. Ô rapaz perigoso.

— Agora que eu já consegui um sorriso, posso pelo menos saber seu nome antes de procurar vítimas com menos equilíbrio?

— Tá bom, eu me rendo. Maria Laura. E já sei que você é o Henrique – ela sorriu. Podia ser a música, podia ser a iluminação, podia até ser a empolgação da festa, mas Henrique não se lembrava de ter visto olhos tão bonitos quanto os dela antes.

— Prazer, Maria Laura. Eu não tenho ideia de como você veio parar nessa festa. Mas sei que dei uma sorte imensa!

Ela enrolou os fios de cabelo no dedo indicador e depois soltou lentamente enquanto olhava para ele. Henrique estava completamente hipnotizado por aquele movimento, ainda que fosse um gesto involuntário e absolutamente inocente. Laura estava adorando perceber os olhos dele atentos ao gesto que... talvez não tivesse tanto assim de involuntário e inocente.

— É bom você parar de me tratar tão bem assim – ela disse se aproximando dele, que ainda estava abaixado na frente do sofá, vendo o pé que já não se suspeitava tanto que estivesse realmente machucado – eu posso acabar me acostumando.

— Talvez eu queira que você se acostume...

Os dois sorriram ao mesmo tempo. Henrique podia não se lembrar daquele rosto, mas com certeza já tinha esbarrado com Lalá em muitas festas, desde pequeno. Faziam parte do mesmo mundo. Do mesmo universo fechado do qual ele não se envergonhava, mas pelo qual não se deixava limitar. Talvez ela entendesse isso. Talvez ela tenha caído no lugar certo. Talvez Henrique não fosse mesmo sair da festa sozinho.

Helena quase deu meia-volta quando viu Pedro caminhando em sua direção. Não tinham se encontrado desde a festa de aniversário e, se todos lembramos bem, a conversa não tinha sido das mais agradáveis. Não tinham trocado uma palavra depois disso, nem da revelação de Fabrizio, e aqueles dias de silêncio, embora angustiantes, eram mais confortáveis do que estar de frente para ele naquele momento. Ela estava vulnerável. Nada de mentirinhas brancas, cartas na manga, coelhos na cartola. Nada a não ser a verdade. E, se por um lado a verdade pode ser libertadora, por outro parece um tanto aterrorizante. Ela sempre tinha sido Helena Piva de Albuquerque, com todos os ônus, bônus e aparatos de segurança com os quais já tinha nascido. Naquele momento, pela primeira vez, se sentia só Helena. Ali, diante dele, que era só Pedro, com tudo o que isso pudesse representar.

– Então você estava ajudando o seu amigo – Pedro tentou não demonstrar o quanto também estava nervoso. Não fez planos para estar ali, não ensaiou o que ia dizer. Falar com Helena pareceu simplesmente inadiável.

– Ele precisava de mim. Mas você já sabe de tudo, não preciso repetir – apertou seu drinque com tanta força que, fato inédito, agradeceu pelo copo não ser de cristal.

– Não, não precisa repetir. Mas seria bom, Helena. Seria bom escutar qualquer coisa de você, já que você não me disse pra onde ia, não me disse o que sentia, não se despediu, não falou comigo durante a viagem e nem me disse que o namoro era de mentira. Será que você faz ideia de como eu me sinto? Você pensou em mim em algum momento de toda essa loucura?

– A loucura é exatamente essa, Pedro! – tomou coragem pra dizer o que sentia, embora ele já soubesse. – É pensar tanto em você que não consigo me reconhecer mais nas coisas que eu sinto, nas coisas que eu faço. Meu Deus, eu praticamente fugi por meses para não encarar o que sentia por você! Topei ajudar o Fabrizio sim, mas isso também foi uma forma de não encarar você quando voltasse. Eu não sabia o que fazer, assim como não soube aquele dia na praia, nem... nem sei agora!

Pedro sentia seus batimentos em cada parte do corpo. Era como se tudo nele pulsasse ao mesmo tempo. Ele tinha lido a carta de despedida dela. Ele soubera por Fabrizio que era tudo verdade. Mas nunca tinha ouvido dela. Nunca tinha visto Helena dizer o que sentia por ele. Por mais bobo que fosse, chegou a se perguntar por um minuto se aquilo estava mesmo acontecendo ou se seria um daqueles sonhos de mau gosto que fazem a gente se sentir absurdamente frustrado quando acorda.

– Então é verdade? Você sente a mesma coisa que eu sinto?

– Pedro, que coisa ridícula! Que importância isso tem? Nada vai acontecer entre a gente. Nada! A situação continua a mesma. A Manuela, Pedro! Como eu ia olhar pra ela? Nunca, isso é totalmente absurdo!

Os dois notaram que a música que começou a tocar foi *Hole In My Soul*, do Aerosmith. Ambos amavam essa música e sabiam disso.

— Pelo menos me fala. Pelo menos isso.

– Falar o quê, Pedro?

– O que você sente por mim, Helena? Mesmo que não dê em nada. Por favor.

Helena puxou o ar e disse de uma vez, para ver se doía menos.

– Isso não vai mudar nada, Pedro, mas, sim, eu estou completamente apaixonada por você. Agora, por favor, me deixa em paz! – Virou-se, determinada a correr até o estacionamento, pegar seu carro e dirigir o mais rápido que pudesse.

Pedro ouviu Steven Tyler dizer "*So you tell me how it's gonna be this time*" e resolveu que essa seria sua deixa antes mesmo da bateria entrar em cena. Juntou toda a coragem que tinha e puxou Helena pelo braço com uma mão enquanto a enlaçava pela cintura com a outra e, depois de meses pensando se um dia isso aconteceria, beijou-a com toda a paixão que sentia. Lembrou que chegou a ter medo de que quando acontecesse o que tanto queria, não fosse da forma que esperava. Mas era real! Seu corpo inteiro respondia àquilo e ele sabia que não podia ser mais certo, mais exato. Naquele momento parecia que tinha esperado a vida inteira para beijar Helena. E parecia que poderia passar o resto da vida fazendo isso.

Helena não reagiu. Sentiu os joelhos perderem as forças, o sangue inteiro correr pelo corpo e o coração disparar. Tentou fugir de todas as formas que conhecia. Dele, de tudo, de si mesma. Mas nada poderia disfarçar aquele beijo. Do alto de sua eloquência, nenhuma palavra que conhecesse poderia desmentir o que foi revelado sem dizer nada. Nada que ela já tivesse sentido se parecia com aquele beijo. Nada do que ela fizesse poderia anular o efeito que ele tinha surtido. Não havia mais volta. Ela também não queria mais voltar, até porque, não era mais a mesma.

Pedro segurou as duas mãos de Helena, que pareciam minúsculas dentro das suas, quando interromperam o beijo. Olhou dentro dos olhos dela e falou, mais com o coração do que com a voz:

– Eu nunca quis nada como quero você, Helena.

— Pedro, e...

– Não tem mais nada! Eu vou ficar com você. Enfrento o que for do seu lado. Você quer?

Helena sentiu culpa, medo, frio na barriga, nervoso... tudo! Tudo menos dúvida.

– Eu nunca quis nada como quero você, Pedro.

Ele a beijou de novo, dessa vez com ainda mais vontade. Era como se o que ela tinha dito finalmente removesse uma adaga que tinha no peito. Aquela frase era a confirmação de tudo que ele sentia, de tudo o que queria, de tudo o que esperava por eles. Estavam juntos e não conheciam nada que pudesse mudar isso daquele momento em diante.

Guilherme deixou Pietra em casa por volta das 4h30 da manhã. Poderia ter contado o real motivo de estar com ela naquela noite. Não foi porque estava carente ou porque não podia estar com Helena. Foi porque quis. Foi porque só ela parecia, naquele momento, ter a cura para a angústia que sentia diante de tudo, diante de si mesmo. Ela, aquela maluca que tinha arruinado seu casamento com um escândalo memorável. Aquela louca que dizia tudo que ele não queria ouvir, mas precisava. Que sabia calar tudo que, embora ele quisesse ouvir, não era verdade. Que o fazia se sentir completamente à vontade sendo ele mesmo. Que tornava possível a ideia de que alguém pudesse amá-lo com todos os seus defeitos e, por mais estranho que parecesse, também por causa de cada um deles. Guilherme não disse nada daquilo a Pietra. Ainda não estava pronto para dizer. Apenas se despediu antes de sair com o carro, após ela fechar a porta de vidro do prédio.

Ela entrou, tentando não fazer barulho, sem saber que a avó ainda estava na casa de Amélia e que Manuela ainda estava a caminho, tendo acabado de deixar Felipe em um táxi para o aeroporto. Acendeu a luz da sala para pegar o carregador do celular antes de ir para o quarto quando encontrou algo bem diferente disso no chão da sala.

– Vô! Vô, acorda, pelo amor de Deus! Vô!

V – ESCURA É A NOITE

It's time we said goodbye
Time now to decide
Oh don't you feel so small
Dark is the night for all
Dark is the night for all – A-ha

Helena chegou correndo e mal viu quem estava no caminho, traçando uma reta até Manuela e abraçando a amiga com toda a força que tinha quando a alcançou. Tinha chegado em casa menos de duas horas antes, após finalmente ter conseguido se despedir de Pedro no estacionamento do clube. Ainda estava nas nuvens quando pegou o celular até então sem bateria e soube da notícia pelas mensagens de Amélia e Manuela. Tomou o banho mais rápido de sua vida, vestiu um discreto tubinho azul marinho e calçou as sapatilhas Chanel nude, prendendo o cabelo em um coque quase convincente. Correu com o carro até o Cemitério São João Batista e, nesse tempo todo, não conseguiu encontrar o que dizer à melhor amiga no velório do avô dela.

– Manu, acho que nada que eu diga vai fazer diferença, a não ser que... Eu estou aqui. Estou bem aqui com você, amiga. Eu sinto tanto!

– Helena, acho que ainda não entendi. Ele tava bem quando eu saí de casa...

As duas se abraçaram novamente e, só então, Manuela chorou tudo o que, em choque, não fora capaz de chorar até aquele momento. Nunca tinha perdido ninguém. Às vezes, por mais tolo que parecesse, costumava pensar que as coisas ruins tinham se esquecido da Família Garcia Leal. Mas a distração fora sanada e, agora, estavam vulneráveis a todas as coisas que nenhum de nós gostaria de estar. E a morte é sempre a principal delas.

– E o enterro, quando vai ser? – A esposa de um famoso empresário, amigo de Evandro, perguntou a Amélia, que permanecia incansável ao lado de Luiza desde o recebimento da notícia por Pietra.

– Ele vai ser cremado, era a vontade dele. A cerimônia será só para a família, daqui a três dias, quando o filho e a nora tiverem chegado.

Nem a notícia da chegada dos pais em menos de 48 horas tinha surtido algum efeito sobre Pietra. Se Manuela parecia perdida e Luiza desolada, a neta caçula guardava uma revolta visível, mistura de negação e culpa. Ela encontrou o corpo, mas também foi ela que deixou o avô sozinho aquela noite. Se não tivesse saído... Se tivesse ficado com ele, talvez nada daquilo tivesse acontecido. "*Você o abandonou, Comanche*" – pensava ao tocar a mão fria e sem vida do avô no caixão. – "*Você o deixou quando ele mais precisava*".

Pedro soube por uma mensagem de Amélia e correu para lá, chegando praticamente junto com Henrique, que teve a notícia por uma ligação de Helena. Assim que chegaram à capela, Pedro a viu e teve o impulso quase automático de ir até ela, que o interrompeu com um gesto, indicando que fosse falar com Manu antes. Só Deus sabe o quanto isso custou a ela. Mas aquele momento era o pior da vida de sua melhor amiga. Era o mínimo que podia fazer.

– Pedro, que bom que você veio! – Manuela se jogou nos braços do ex-namorado.

– Eu sinto muito, Manu! Seu avô parecia ser uma grande pessoa e sei o quanto ele era importante pra você.

Ela respondeu apenas balançando a cabeça e enxugando com as costas das mãos as lágrimas que agora não davam mais trégua.

– O Felipe, já soube?

– Não deu tempo. O avião dele decolou logo depois que eu soube, mas foi melhor assim. Não queria atrapalhar a viagem que ele queria tanto fazer.

Henrique tinha falado com Pietra e Luiza quando veio até Manuela e a abraçou, ajeitando-a contra o peito até que se sentisse completamente protegida.

Pedro deixou os dois e foi até Helena quando ela voltava trazendo água para Luiza.

– Espera! – Segurou-a pelo cotovelo antes que entrasse na capela novamente. O simples toque fez com que uma onda de calor subisse até sua nuca. Tinha esperado tanto por um momento quanto o da noite anterior, que estar longe dela, fosse pelo motivo que fosse, parecia simplesmente ridículo.

– Pedro, não acho uma boa ideia a gente conversar agora – e que fique claro que isso era apenas a opinião racional de Helena. Porque, pela altura com que seu coração batia, teve medo de que todos os presentes no velório conseguiriam ouvir.

— Calma, eu entendo. A gente precisa pensar em uma forma de...

– Isso anula todas as chances da gente contar pra Manuela sobre nós, pelo menos por agora.

– Helena, não acho que mentir seja a melhor saída.

– Minha melhor amiga acabou de perder o avô! Eu não vou aproveitar a data para contar que estou namorando o ex dela!

– Então estamos namorando? – Pedro tentou segurar o sorriso. E não o julgue: você sabe tão bem quanto eu que todos nós somos deliciosamente bobos quando estamos apaixonados. E "apaixonado" é o que esse menino tinha escrito em cada centímetro da testa.

– Por que você tem que ser tão imaturo? – Helena também tentou se manter séria. – Agora me deixa, vai. Mais tarde nos falamos.

– Vai ser extremamente difícil esperar até lá.

Helena só respondeu com o mesmo olhar com o qual se despediu, voltando para perto dos Garcia Leal.

Amélia acompanhou a cena de longe, estranhando a movimentação.

Guilherme entrou na capela correndo, sem se importar com mais nada. Abraçou Pietra com lágrimas nos olhos – não por Evandro, mas pelo que imaginou que ela estivesse sentindo.

– Não se preocupe, eu vou ficar bem.

A reação de Pietra veio como uma ducha de água fria incompreensível para Guilherme.

– Não precisa agir assim. Eu quero estar do seu lado agora. Quero que você conte comigo, que se apoie em mim!

– É um pouco tarde pra isso. Eu quis você a vida inteira. Deixei tudo de lado por você. Deixei meu avô morrer sozinho pra correr quando você estava carente.

– Pietra, você não... Não foi sua culpa, pelo amor de Deus!

– Foi sim! Eu podia estar com ele, podia ter salvado.... – Pietra levou as mãos à boca, como se não aguentasse escutar o que ela mesma dizia. – Eu podia ter estado lá pra ele, Guilherme. Mas eu estava lá pra você. E nem era comigo que você queria estar!

– Me escuta, Pietra! Não é nada disso. Eu queria estar com você!

– Tão conveniente você me dizer isso justamente hoje. Eu não quero pena, Guilherme!

– Não é pena, Pietra!

– Não quero isso e nem mais nada! Acabou! Esse vício, essa doença, essa obsessão que me fez perder tudo e me fez tirar tudo dos outros. Acabou! Fica longe de mim, por favor!

Se ele tivesse dito o que sentia na noite anterior, quando teve vontade, mas não coragem, ela não duvidaria agora. Por que sempre contamos com uma coisa que podemos nunca vir a ter: o dia seguinte?

Beatriz chamou atenção quando entrou na capela com um belíssimo vestido preto sobre o qual caíam suas ondas ruivas brilhantes. Os olhos verdes estavam escondidos por trás de imensos óculos escuros. Quando cumprimentou Manuela, se lembrou que, sete anos antes, viveram praticamente a cena inversa. Beatriz estava completamente devastada pela morte da mãe quando Helena e Manuela chegaram ao enterro como se tivessem saído de um ensaio fúnebre da Vogue Teen. Todos os olhos se voltaram para as duas adolescentes, nitidamente mais interessantes do que a órfã de uma mãe suicida. Agora os papéis estavam trocados: as lágrimas eram de Manuela e os holofotes de Beatriz – que não se sentia culpada por encontrar uma certa justiça na ironia. Disfarçou o prazer um tanto condenável quando abraçou Pietra e se dedicou a consolar a amiga.

– Foi coração! – comentava sem discrição a emergente de voz irritante.

– Ele andava sumido, pode ser que já estivesse doente – complementou o marido de uma amiga de Luiza.

– Será que vão continuar no apartamento? O corpo foi encontrado no chão da sala pela neta mais nova! – um parente distante quis demonstrar conhecimento do caso.

— Morreu sozinho, coitado! A mulher sequer estava em casa! – indignou-se um antigo amigo do falecido.

Cada um parecia ter informações relevantes e opinião formada sobre a morte do Dr. Garcia Leal. A capela estava lotada – tanto dos que queriam homenagear uma figura verdadeiramente querida da sociedade carioca, quanto dos que não poderiam ficar de fora do que consideravam um grande evento.

Luiza se despediu do corpo junto com as netas, e ele foi levado para o local onde seria mantido até a cremação. Minutos depois, foi abordada por um desconhecido. Não aparentava ter mais que trinta anos, mas estava elegantemente vestido, além de ser inegavelmente bonito com olhos castanhos e curtos cabelos claros.

– Meus sentimentos. Sou George Malheiros. Trabalhava para o Dr. Evandro há alguns meses.

– Trabalhava? Mas meu avô estava aposentado! – Manu respondeu.

– Perdão, você deve ser a Manuela, acertei? Seu avô me contratou para ajudá-lo com as finanças da família.

— Ele realmente andava imerso em contas ultimamente... – Pietra concordou.

– Você com certeza é a Pietra. Seu avô falava muito de você e, pelo que vejo, não exagerou. O Dr. Evandro me contratou por estar seriamente preocupado com algumas dívidas que vinham se acumulando. Sei que esse não é o momento, mas gostaria de conversar melhor com vocês sobre esse assunto. Podemos agendar uma visita amanhã?

– Precisamos de tanta urgência? – Luiza questionou, um pouco incomodada.

– Eu aconselharia que fosse o mais breve possível.

– Não sabia que você era tão próximo dele – Henrique perguntou ao ver Guilherme tão abatido na escada.

– Não era. Deixa pra lá, melhor eu ir.

– Você não parece nada bem. Se estiver afim de conversar-

– Henrique, você tá indo? – Pedro correu na direção deles. – Preciso falar com você!

– O Tijucano foi mais rápido. Aliás, ele anda bastante interessado em competir comigo ultimamente. Outra hora a gente se fala.

– Não creio que possa dizer que o Guilherme é meu fã – Pedro comentou assim que ele saiu.

– Quem pode culpá-lo? Anda, pega teu carro que a gente se encontra em casa. Também preciso falar com você.

– Henrique, Pedro, me esperem! – Amélia chamou. – Preciso de uma carona para casa. Quero buscar minhas coisas, vou passar a noite na casa da Luiza.

– Vem comigo então, tia! O Pedro encontra a gente lá.

Helena deixou as recentes inimizades de lado e levou Pietra junto com Manu e Luiza até a casa delas, ficando com a melhor amiga até a noite.

– Você não quer mesmo que eu durma aqui? – Helena carregava culpa suficiente para não se considerar mais a amiga que sempre fora para Manu. Mas estava ali, como em todas as dificuldades que ela já tinha enfrentado. Esteve quando virava as noites tentando explicar matemática para a amiga porque não conseguia dormir à noite, pensando que poderiam estudar separadas no ano seguinte caso ela repetisse; quando ela se apaixonou por Henrique e deixava bilhetes com declarações de amor na mochila dele com a sua cobertura, ainda que soubesse que o irmão conhecia a identidade secreta da admiradora e não tivesse qualquer sombra de reciprocidade a respeito; quando ela interfonou às sete da manhã para contar que tinha acontecido sua primeira vez; quando ligou às quatro da manhã, chorando porque soube que seus pais se mudariam para a França; quando conheceu Pedro naquele show e quando o reencontrou, levado por ela em seu aniversário; quando o perdeu e todas as vezes em que chorou por ele... Helena conhecia sua melhor amiga como um fã conhece todos os capítulos de sua série preferida. Os bons e maus momentos, os sucessos e as falhas. Comemoraram juntas inúmeras vezes, fosse ouvindo música no quarto quando adolescentes, fosse dançando como se estivessem sozinhas naquele mesmo quarto, mas estando nas pistas de dança mais disputadas da cidade, ou brindando com um copo de mate do Isaías na praia em um dia de sol. Mas também estiveram juntas todas as vezes em que tudo deu errado, chorando no colo uma da outra, assistindo comédias românticas com pipoca e brigadeiro ou simplesmente no carro de Helena, dirigindo até que a vontade de não estar em casa passasse. Estava com ela ali como esteve sempre. E como desejava estar pra sempre.

– Não, amiga. Eu realmente quero ficar sozinha essa noite. – Nem mesmo Helena tinha o poder de fazer tudo ficar bem daquela vez. Manu só queria ter um botão que desligasse tudo. Fizesse com que ela dormisse até tudo isso passar. Até esquecer. Porque não fazia ideia de como agir como gente grande e superar toda aquela dor que tinha cavado um buraco em seu peito com as unhas. Ela ainda não tinha descoberto que, não importa o quanto a gente cresça ou quantas perdas encare, nunca se torna "gente grande" o bastante para aprender a lidar com a morte de quem ama.

– Dinda, você fica?

Helena queria muito que ela dissesse que não, embora tivesse quase certeza de que Amélia não deixaria a melhor amiga naquele momento. Eram tão parecidas. Queria pedir à madrinha que fosse com ela. Precisava contar sobre a noite anterior, sobre ela e Pedro. Precisava saber se ela achava aquilo errado, se pediria a ela que esperasse a poeira baixar. Precisava do colo dela, das mãos quentinhas de Amélia fazendo carinho em seu cabelo, do jeitinho que ela tinha de fazer com que Helena jamais se sentisse perdida demais para não conseguir achar o caminho de volta. Para o abraço dela, para casa... para si mesma.

– Fico. Volto amanhã à tarde. Mas deixei uma coisa na sua mesa de cabeceira, dê uma olhada quando chegar em casa.

Manuela deixou Helena na porta, depois se despediu de Amélia e da avó com um abraço apertado, indo para o seu quarto em seguida. Sabia que nada seria como antes. Algo tinha se quebrado pra sempre, e essa sensação parecia ir além da perda do avô. Sentiu um medo gigantesco tomar cada centímetro de seu corpo e cada um de seus pensamentos. Instintivamente, pegou o celular e quis ligar para uma única pessoa: Pedro. Desligou antes mesmo de completar a ligação. Precisava saber exatamente o que dizer quando fossem ter novamente essa conversa. Queria explicar a ele tudo o que lhe dava a certeza de que deveriam estar juntos. Mas, aquela noite, ela não se sentia capaz de convencer nem a si mesma de que poderia permanecer acordada. Deixou-se cair pesadamente na cama e fechou os olhos.

Pietra já estava com as luzes do quarto apagadas quando Guilherme ligou. Não atendeu, mas logo depois leu a mensagem de texto que ele enviou.

"Preciso te ver, a hora que você quiser. Preciso te dizer o que não consegui dizer antes. Só me liga, não importa a hora. Vou estar esperando".

Helena chegou e foi até o quarto do irmão. Precisava desabafar com ele, pedir seus conselhos, explicar que, por mais que se sentisse culpada, não queria abrir mão do que estava vivendo com...

– Pedro! – se surpreendeu ao passar por seu quarto e vê-lo em pé diante da cama. – Você veio com o Henrique?

– Sim. Ele foi jantar com aquela menina com quem está saindo. Laura, não é? E disse que só volta bem tarde. Eu fiquei te esperando porque... quis fazer isso o dia todo! – Lançou-se sobre ela, segurando seu rosto com as duas mãos e beijando-a com toda a urgência que sentia.

– Também não via a hora de estar com você! – Ela sentiu a guarda baixar por completo nos braços dele. – Mas não consigo deixar de me sentir a pior amiga do mundo por isso!

— Eu te entendo. Mas estava justamente conversando com o Henrique...

– Você?! Ele é MEU irmão, seu abusado! Mas me fala, o que ele disse?

— Bom, que eu morro se pisar na bola, mas que quer ser nosso padrinho de casamento!

– Casamento?! Afinal, o que vocês fazem com os tais neurônios a mais que adoram dizer que têm? Eu queria tanto conversar com a Dinda! Não sei como ela vai reagir quando souber... – foi até a mesa de cabeceira deixar o celular.

– Esperei ela sair pra conversar com o Henrique. Também estou curioso pra saber o que ela vai achar disso quando souber.

– Ela já sabe! – Helena sorriu ao ver o que Amélia tinha deixado sobre a escrivaninha.

– Um valete de baralho? O que isso quer dizer? Não entendi.

– Mas ela entendeu. – Helena se deliciou com a pequena piada interna das duas, representada por aquela carta (o valete que tinha deixado passar para Manuela em seu aniversário, mas que, na verdade, sempre foi aquele que completaria a sua canastra). Sentiu-se extremamente aliviada pelo sinal absoluto de aprovação da pessoa que considerava a mais importante do mundo.

Amélia soube no instante em que viu os dois no cemitério. Assim como soube no instante em que os viu às turras pela primeira vez no aniversário de Manuela que estariam juntos um dia ou, pelo menos, deveriam.

Há muitos anos, Amélia tinha deixado passar o seu valete. Foi uma escolha. Sabia que ele completaria a canastra de outra pessoa que ela amava muito e, como sempre se orgulhava em dizer a respeito de tudo, estava certa. Mas, quando passou aquela carta, quase que pedindo a Deus que a jogadora em frente a deixasse passar e voltasse para ela, sabia também que jamais completaria sua própria canastra. Ele era a carta certa. A única que se encaixaria ali e, mesmo assim, ela topou pagar o preço. Não se arrependeu. Mas pensou por inúmeras vezes se teria tomado a mesma decisão caso o tempo voltasse atrás. Pensou, outras inúmeras vezes, como teria sido sua vida se tivesse atendido ao seu coração ao invés de sufocá-lo até o último soluço.

Quando deixou a carta na mesa de Helena, sabendo que ela iria entender, tinha essa urgência. De dizer a ela que estava do seu lado. Que não queria que ela se sentisse culpada por ter tomado uma decisão que Amélia sempre imaginou como teria sido se também tivesse abraçado. E queria que ela soubesse que tinha muito orgulho da afilhada por ter aprendido a pensar... com o coração.

– Você deve estar morrendo de fome. Vou preparar um ravióli para nós dois. Não garanto que vá ser a melhor coisa do mundo. Nada à altura dos restaurantes que você costuma frequentar – usou um tom de deboche para implicar com ela –, mas é o suficiente para quem aprendeu a se virar desde pequeno. O que acha?

– Acho que posso começar a cogitar a ideia do casamento!

Os dois riram e se beijaram novamente. E de novo. E mais uma vez. Estavam no meio de um furacão sem precedentes. Mesmo assim, jamais tinham se sentido tão seguros quanto ao lugar onde deveriam estar.

VI – PROBLEMA

Cause I knew you were trouble when you walked in
So shame on me now
Flew me to places I'd never been
Till you put me down, oh
I knew you were trouble – Taylor Swift

Helena tomou um susto ao acordar com um beijo de Pedro.

— Bom dia! – ele riu diante do pulo que ela deu. Ficava linda com o cabelo desarrumado, embora jamais fosse acreditar se ele dissesse isso.

– Já é de manhã? – Conferiu, assustada.

– Nem tão manhã assim. Já passamos de meio-dia, pra ser mais exato – riu quando ela escondeu o rosto com as palmas das duas mãos e depois sorriu pra ele, enfiando o rosto em seu peito. — Você dormiu no meio daquele filme de terror e, quando eu vi, tinha pegado no sono também.

– Nossa, ainda bem que é domingo. E ninguém chegou? Você dormiu aqui na cama? – a ideia pareceu tão absurda quanto maravilhosa.

– Qual a possibilidade de, depois de tanto tempo esperando para estar com você, em uma noite sozinhos no mesmo apartamento, eu deixasse você dormindo sozinha e fosse para o meu quarto quando podia simplesmente dormir e acordar ao lado da pessoa com quem eu sonho há meses... e que esperei pela vida toda?! – Helena tentou não se derreter ao ouvir isso, mas acabaram se beijando antes que ele continuasse. — Henrique passou aqui. Tomou um banho e foi buscar a Maria Laura para o almoço.

– Que almoço?

— O que vai acontecer em mais ou menos uma hora. Ideia da sua madrinha para comemorar o nosso namoro! – Piscou, brincando.

– Mas eu nunca falei em namoro! Tá vendo como é perigoso dar confiança pra Tijucano?

– Tarde demais. Agora que toda a família já sabe que você está completamente apaixonada por mim, é melhor se arrumar antes que eu mude de ideia. – Terminou a frase já tentando desviar do travesseiro com que Helena golpeou o lado esquerdo de sua cabeça.

– Eu não sei se gosto de ter a Maria Laura presente. Conheço aquela menina há um bom tempo e nunca simpatizei com ela. Preciso conversar com o Henrique a respeito e ficar de olho nela. Pode ser que esteja enganada e ela seja uma pessoa legal... bom, pelo menos não é a Giovana! Porque não ia gostar nem um pouco de almoçar com uma menina com quem você já saiu, mesmo que agora ela estivesse com meu irmão.

– Mentira? Ciúmes? Se você soubesse como eu esperei por isso!

– Deixa de ser bobo, Pedro! Eu lá ia ter ciúmes de alguém? Muito menos daquela Iracema falsificada! É só uma questão de... lógica!

– Pois pode ficar tranquila porque não tem lógica nenhuma. A Giovana nunca me interessou e nunca rolou nada entre a gente. Só levei ela à festa pra chamar sua atenção porque você ia com o Fabrizio.

– Quando você diz "não rolou nada", o que exatamente esse nada representa?

– Nada quer dizer nada! Desde que eu me apaixonei por você, não existiu nada e nem ninguém – baixou o tom de voz se aproximando dela.

– Você pode dizer isso mais ou menos umas dez vezes? – Ok, ela se rendia.

— Umas vinte, trinta! E vou continuar dizendo pra sempre. Mas depois você precisa se arrumar. A comida já deve estar chegando e eles também.

– Mas como nós perdemos tanto dinheiro? – Luiza não se conformava.

– Investimentos ruins, aplicações arriscadas, gastos excessivos. Dinheiro se perde muito mais fácil do que imaginamos, Dona Luiza – George explicava.

– Mas o Evandro sempre foi tão sensato! Nós nunca passamos por dificuldades!

– A questão é que ele se aventurou pelo mercado financeiro sem conhecer nada a respeito. Virou presa fácil na mão de consultores oportunistas. Quando ele me procurou, a situação já era bastante delicada.

– E o que você sugere que façamos agora, George?
– O primeiro passo seria vender o apartamento que ele usava como escritório.

Manu apertou os olhos por um segundo. Sentiu o coração apertado por pensar que não teriam mais o apartamento onde ela e Pedro foram tão felizes. A simples existência do lugar parecia eternizar aqueles momentos.

– Depois – George continuou – será necessário fazer algumas movimentações financeiras para tentar salvar o que vocês ainda têm e torcer para que gere rendimentos.

– Parece mentira! Perder o Evandro e descobrir que podemos perder tudo? O que aconteceu com essa família, meu Deus? – Luiza estava nitidamente próxima de perder o controle também.

– George, você nos dá licença por um minuto? Luiza, eu queria conversar com você antes de ir. Tenho uma sugestão – Amélia puxou a amiga para outro cômodo.

— Eu vou dar uma volta. Preciso respirar um pouco – Manuela pegou o celular, a bicicleta e saiu.

– Você tá bem? Quer dizer, na medida do possível? – George perguntou a Pietra, que permanecia o tempo todo calada, agora que estavam sozinhos na sala.

– Eu? – Ela se surpreendeu com a pergunta. – Na verdade, não. Mas acho que vou ficar.

– Seu avô costumava dizer que, embora se preocupasse com você, sabia que você era a mais forte da família.

– Meu avô dizia isso?

– Sim. Dizia que você tinha jeito de durona, mas que bastava olhar mais de perto para saber que era uma menina sensível e muito especial.

Pietra continuou olhando para George por alguns segundos até que se desse conta disso.

– Eu vou ver se minha avó precisa de alguma ajuda. A gente se fala – saiu apressada em direção aos quartos.

Não estava acostumada com esse tipo de abordagem e, sim, pela primeira vez ficou sem graça. Se jogou na cama e viu que o celular tinha mais chamadas não atendidas de Guilherme. Tornou a deixar o telefone no canto onde estava e ligou a televisão. Precisava se distrair com qualquer vida que não fosse a sua naquele momento.

Manuela passava pela praia de Ipanema quando foi interrompida por Alex, um dos *playboys* mais conhecidos do bairro. Nunca foram amigos, mas se conheciam desde pequenos.

– Manu, e aí? Eu soube do seu avô. Que barra! Como você está?

– Acho que a ficha ainda não caiu direito – encostou a bicicleta no calçadão, liberando a ciclovia. – E você? Como andam as festas que produz?

– Muito trabalho e muita curtição. Aliás, sei que você não deve estar no clima, mas sábado que vem vai ter uma *rave* imperdível! Se você quiser ir...

— Aonde, hein? – Guilherme chegou, interrompendo a conversa e colocando o braço direito sobre os ombros de Manuela. – Qual é a boa, afinal?

– E aí, Guilherme, beleza? Bom, deu minha hora. Manu, qualquer coisa, me liga!

— Valeu, Alex. A gente se fala.

— Enlouqueceu? – Guilherme mudou de tom assim que ele virou as costas. – Dando papo pra Alexandre Castelo Branco?!

– Ele só veio me dar os pêsames, Gui. Também não precisava botar o garoto pra correr!

– Correu porque tava no erro! Aquilo não vale nada, Manuela! Você sabe disso tão bem quanto eu! Mas, me fala. Como você tá?

— Meio anestesiada ainda.

– Eu nem imagino como seja isso. E sua avó?

– Nervosa, perdida... sei lá. Estou preocupada com ela. Ainda bem que meus pais chegam amanhã.

– E sua irmã? Eu ligo, ela não me atende.

– Liga? Eu jurava que você e a Pietra não estavam se falando. Perdi alguma coisa?

– Não... acho que quem perdeu fui eu. O juízo, a cabeça... e a chance de ela saber disso.

— Oi?!

– Vamos deixar sua bicicleta lá em casa? A gente senta ali no japonês que abriu na esquina, come, conversa... pode ser?

– Tá bom, já senti que é sério! Vamos lá.

Pietra tinha cedido ao convite de Beatriz para um mergulho na piscina do Country. A ideia de não conversar sobre sua vida, no entanto, tinha se provado um plano frustrado.

— Mas o que afinal ele quer tanto dizer?

– Não sei! E não sei se descobrir é uma boa ideia.

– Pi, estou achando que isso tem o maior cheiro de enrolação. Esse tempo todo e ele não diz nada. Seu avô morre e ele tem a revelação do século pra fazer? Duvidoso, no mínimo!

– Também achei. E depois, eu não quero mais nada com o Guilherme. Nem sei dizer o quanto amo aquele garoto, mas insistir nisso já fez tanto estrago... chega!

– Concordo plenamente! E aquele gato que desceu com você hoje quando eu passei pra te pegar?

– Ah, o George! Ele trabalhava para o meu avô, está organizando as nossas finanças.

– Gato e inteligente? Por que meu pai não contrata um assim?

– É, ele é sim. Mas eu nem tô com cabeça pra isso agora.

— Seus pais chegam hoje?

– Amanhã.

– Tem tanto tempo que eu não vejo os dois!

— Eles nem te reconheceriam! Vai ser legal ter meus pais por aqui agora. Pelo menos, eu acho.

— Certeza que sim. Mais um mergulho?

– Peraí, você tá apaixonado pela Pietra?

– Você quer que o bairro inteiro saiba antes dela?

— Desculpa! – Manuela percebeu o quanto tinha falado alto. – Mas por essa eu não esperava!

– Muito menos eu, né? A maluca da sua irmã acabou com o meu noivado, quase me matou naquele acidente, me fez perder a Helena...

– Será, Gui? Será que você e a Helena não eram questão de tempo? Às vezes eu acho que ela já andava tão distante! Talvez a loucura da Pietra tenha sido boa por esse lado. Pra vocês dois.

– Pode ser. Fato é que a sua irmã me entende. Ela gosta de mim desse jeito torto que eu tenho. E, quando entendi isso, percebi que não podia mais ficar sem ela. Exatamente do jeito torto que ela tem.

– Ai, que lindo! – Manu exclamou como uma pré-adolescente. – Gui, quem sou eu pra dar conselhos? Estava me acertando com o Felipe, mas agora acho que, na verdade, não esqueci e nem deixei de gostar do Pedro.

Guilherme derrubou o *sushi* que chegava à boca no pote de

molho *shoyu*, que respingou desastrosamente na Ralph Lauren verde água. Ele não tinha qualquer dificuldade para manusear os pauzinhos, mas não tinha qualquer habilidade para lidar com situações assim.

– O Pedro? Ah, qual é, Manu?! Essa fase amparo ao maior carente já deu, né?

– Você não existe, Gui! – Manu não segurou o riso. – Falando sério: ele ainda mexe comigo.

– Não, vamos parar de viver de passado. Você precisa seguir em frente, como ele!

– Como ele? Eu não estou sabendo...

– Não! – Guilherme agora quis enfiar a raiz forte inteira na boca pra ver se aprendia a não falar demais! – "Como ele" precisa seguir em frente também, entendeu? Mas chega de Pedro por hoje!

Gui sabia que Pedro estava apaixonado por Helena, mas, mesmo não querendo ver a amiga se iludir, não queria ser o portador dessa notícia.

– Eu sempre soube! Bastou conhecer o Pedro para ficar claríssimo que ele e Helena seriam perfeitos um para o outro. Mas não falei nada! Se a gente encoraja, aí mesmo é que a coisa desanda – Amélia contou antes de puxar o brinde. – À felicidade de vocês, que sempre tiveram e sempre terão a minha benção.

Helena e Pedro brindaram sem conseguir disfarçar o quanto estavam felizes.

– E eu, que aturei esse chato com dor de cotovelo por meses até que ele finalmente me contasse o que eu já estava cansado de saber? Acho mesmo que vocês têm tudo a ver, amo os dois, mas, Tijucano, atenção máxima: sua namorada é minha irmã mais nova! Estou de olho, hein?

Pedro respondeu sorrindo:

– Sua irmã mais nova não podia ser mais especial pra mim. Jamais faria qualquer coisa que pudesse machucá-la.

– Sua irmã mais nova sabe se defender, viu? Vou manter o rapazinho em rédea curta! – Helena fez cara de braba, sorrindo em seguida.

— Vocês realmente fazem um casal lindo. Adorei saber como começou a história dos dois. Aliás, espero que começos tortuosos sejam presságio de finais felizes, né? Porque eu conheci o Henrique literalmente caindo em cima dele. Não poderia pensar em uma abordagem mais elegante. *Maktub*, como dizem os orientais. É como tinha que ser. – Maria Laura jamais perdia a oportunidade de aplicar um termo estrangeiro ou complicado que tivesse aprendido recentemente. Davam mais legitimidade ao qualquer coisa que dissesse e, como já tinha aprendido e comprovado, legitimidade é algo que faz o mundo girar. Ficou feliz com o impacto positivo causado pelo que disse. Mais feliz ainda com o olhar encantado de Henrique para ela em seguida. Enxugou o guardanapo com os lábios depois do gole de vinho do brinde e o colocou de volta sobre a pequena Louis Vuitton em seu colo.

— Sua bolsa é linda! – Helena se esforçou para ser simpática em resposta à gentileza de Lalá. Além disso, a bolsa era realmente bonita.

— Obrigada! – Laura se sentiu verdadeiramente orgulhosa com o elogio – meu irmão mais velho mora em Paris e trabalha no escritório da Louis Vuitton. A vantagem pra mim é que ele tem um desconto enorme e consegue os lançamentos antes mesmo de entrarem naquelas filas imensas. Essa aqui, eu consegui enquanto a Katie Holmes ainda estava na fila por uma!

Helena sorriu em retorno. Teria preferido que a resposta de Laura tivesse terminado no agradecimento. Pedro percebeu e sorriu também, achando graça do temperamento da namorada.

O almoço parecia perfeito: família reunida, comida e couvert do La Mole, vinho branco chileno e Ella Fitzgerald tocando ao fundo. Cenário ideal para que a família recebesse o novo casal de braços abertos. Mas, por mais protegido que fosse aquele apartamento no Leblon, ele não poderia ficar completamente imune à realidade que se anunciava do lado de fora.

O som da campainha surpreendeu a todos, já que não esperavam convidados. Henrique pediu licença e foi até a porta: domingo era o dia de folga de Marlene. Ao abrir, cumprimentou a visita inesperada, que logo chegou à sala de jantar.

– Me desculpem, eu não sabia que estavam almoçando – Luiza anunciou antes de continuar. Precisava conversar com você, Pedro.

Ainda que Luiza não tenha pedido privacidade, Henrique se precipitou e chamou Laura para conhecer seu quarto.

Luiza se sentiu mais à vontade estando somente diante de Amélia, Helena e Pedro, e continuou. – Pensei muito sobre uma sugestão da Amélia e, mesmo sendo difícil dizer isso depois de ter sido injusta no passado, Pedro, preciso da sua ajuda. Preciso de alguém muito competente na sua área e de total confiança para conferir o que está sendo feito com nossas contas. Não sei o que está acontecendo, mas parece muito grave. Sei que você trabalha durante o dia, mas se pudesse pegar algumas noites das próximas semanas para conferir os papéis que temos lá em casa... não de graça, claro! E também entendo se por causa de tudo que eu disse antes você não quiser, e...

–Dona Luiza, eu não quero que a senhora me pague nada. Será um prazer poder ajudar vocês em um momento tão difícil. Às terças e quintas posso ir direto do trabalho para a sua casa. Em umas três semanas no máximo já devo ter uma boa ideia do que acontece.

Luiza ficou impressionada e, ao mesmo tempo, sentiu-se sem graça por Pedro ter retribuído assim todo o preconceito e a indelicadeza com que ela o recebeu em sua casa quando a neta quis apresentar o novo namorado. Amélia olhou para ela como quem atesta a qualidade da mercadoria anunciada. *Eu te disse, não disse?*

– Eu realmente te agradeço, Pedro. Parece que me enganei muito a seu respeito. Mas espero conseguir consertar tudo isso. Tenho certeza de que a Manuela também vai ficar muito feliz por tê-lo por perto em tempos tão difíceis.

Pedro engoliu em seco, nitidamente desconfortável com o que parecia ser uma má ideia em um péssimo momento.

Helena pousou o garfo no prato, contrariada, perdendo completamente a vontade de terminar o Fillet Alegro.

Olharam-se como se, apreensivos, buscassem um no outro a certeza de que a ameaça não estaria à altura do que sentiam.

Más notícias, Helena e Pedro. Parece que a sobremesa vai ter que esperar mais um pouco.

VII – OS OUTROS

Eu não consigo achar normal
Meninas do seu lado
Eu sei que não merecem mais que um cinema
Com meu melhor namorado
Os Outros – Kid Abelha

Dizem que a dificuldade une as pessoas. Se isso é uma verdade absoluta ou mais uma daquelas tentativas de ver o lado positivo das coisas, eu não sei. Fato é que, coincidência ou não, a máxima se aplicava aos Garcia Leal no pior momento de suas vidas.

A partida de Evandro, há quase quatro semanas, tinha trazido não só a dor da perda como também a instabilidade financeira. Mas tinha trazido também (pelo menos por pouco mais de um mês) Alice e Bernardo de volta da França. Tinha trazido os almoços e jantares à mesa, as conversas em torno da televisão, os desabafos, as lembranças, os sorrisos divididos e as lágrimas compartilhadas. Para Manuela, por exemplo, tinha trazido muitas coisas. O diálogo mais aberto com a avó, Pedro para o cômodo ao lado por longas noites analisando as contas deixadas pelo avô e, finalmente, a irmã perto dela.

— Ai, tem que puxar desse jeito mesmo?

– Você não queria uma trança igual às que eu faço? Seu cabelo é mais curto, precisa puxar mais.

— Bom, mais um pouco e eu viro japonesa, Manuela!

– Você sempre quis ser a diferente da família, olha só que oportunidade única!

Pietra tentou não rir da bobeira da irmã, mas acabaram explodindo em uma gargalhada juntas.

– Acho que desde que você tinha uns doze anos eu não penteava seu cabelo.

– Acho que desde que eu tinha uns doze anos não passávamos tanto tempo conversando...

– Queria ter sido uma irmã mais velha mais presente, Pi. Você lembra como queria fazer tudo junto comigo quando era pequena?

– Lógico! Eu achava você o máximo! Ainda acho... Eu que queria ter sido uma irmã mais nova que deixasse você ser mais presente. De verdade!

– Acho que não estamos tão velhas pra que seja tarde demais! – Manu brincou, emendando uma pergunta em seguida. – E como está essa questão do namoro com o George?

– Ah, sei lá! O George me trata de uma maneira que ninguém nunca me tratou. Toda aquela atenção, carinho, elogios... não tem como não gostar disso!

– Mas isso é suficiente?

– Acho que é uma questão de tempo. Vovó não fala que a gente se acostuma?

– Você citando conselhos de Dona Luiza? Devolve a minha irmã, alienígena!

Pietra riu, baixando a cabeça em seguida, em tom de confissão.

– Eu não esqueci o Guilherme. Provavelmente não vou conseguir esquecer nunca. Mas de repente não era pra ser.

– Eu não sei se devia te dizer isso, mas ele conversou comigo sobre você.

– Conversou?! – Pietra se virou para Manuela tão bruscamente que pôs a perder todo o trabalho da irmã com a trança inacabada. – O que ele disse? Não, espera! Não quero saber. Não agora! Nem nunca! Deixa, esquece... desculpa!

— Tem certeza? Mas por que isso, Pietra?

— Eu estou tendo a chance de consertar minha vida, Manu. Não sei se é a vida que eu quero, mas posso te dizer que é muito mais do que mereço. O George me cerca de todos os cuidados. Eu me sinto tão segura! O que sinto pelo Guilherme já destruiu muito mais que eu mesma. Não posso voltar pra isso.

– Você é quem sabe...

– Quero saber é de você! – Pietra desconversou. – O Felipe voltou ontem para o Rio e eu nem sei o que você achou disso.

– Porque nem eu sei! – Manu respirou fundo antes de continuar. – Quando ele estava indo, eu tinha quase certeza de que queria ficar com ele. Mas desde que o vovô morreu, eu...

— O Pedro?

– É... o Pedro! Eu sei que já deveria ter virado essa página, mas a verdade é que até hoje não acredito que a gente tenha terminado. Parecia tão certo estar com ele! Você sabe que nunca fui de me envolver. Mas o Pedro foi diferente. E ainda é!

Pietra engoliu em seco ao ouvir a irmã dizer aquilo. Pedro e Manuela terminaram porque ela tinha contado sobre o beijo de Manu e Felipe. Ver o quanto a irmã ainda gostava do ex-namorado fez com que ela quisesse desesperadamente voltar no tempo e nunca ter dito aquilo. Como pôde? Como pôde errar tanto com tanta gente? E se um dia Manuela descobrisse? Um medo incontrolável correu gelado por suas veias até que empalidecesse.

– Pi? Você tá bem?

Voltou para aquele momento com o chamado da irmã, e, sem pensar, deu nela o abraço mais apertado que podia.

— Eu senti sua falta! – foi tudo que conseguiu dizer.

– Eu também! – Manu estranhou o gesto da irmã, mas devolveu o abraço com a mesma intensidade. – Nunca mais vamos nos distanciar, prometo!

Pietra sabia que a promessa de Manu não teria valor se um dia ela soubesse. Mas não precisava saber. Desejou com todas as forças que ela nunca descobrisse.

Pedro chegou em casa do trabalho quando Helena e Amélia jantavam.

– Meu filho, tudo bem com você? Vou pedir à Marlene para colocar mais um lugar à mesa para você jantar conosco.

– Não precisa de mais um lugar – Helena interrompeu, deixando seu prato pela metade. – Eu já terminei, se vocês me dão licença! – Tomou um último gole de mate e foi para o quarto.

– O que foi isso?! – Pedro perguntou apavorado a Amélia.

— Quem pode te responder acabou de correr para o quarto. Boa sorte!

Pedro largou a pasta e o paletó na sala e correu até o quarto de Helena.

– Você pode me explicar o que está acontecendo?

– Eu?! Bom, quem não dormiu em casa e só chegou às oito da noite seguinte foi você! Ainda sou eu que preciso dizer o que está acontecendo?

– É isso? Nossa, que susto! Amor, eu apaguei de tão cansado

que estava vendo as contas dos Garcia Leal. Acabei dormindo por lá. Fui direto para o trabalho e o celular ficou sem bateria. Mas eu te liguei várias vezes do banco pra explicar.

– Eu estava em audiência.

– Foi isso. Foi só isso. Tudo bem agora?

– "Só isso"? Pedro, é tão difícil pra mim fazer o papel ridículo de namorada ciumenta, mas não tá tudo bem agora. Caramba, você passa várias noites por semana na casa da Manuela e agora chega a dormir lá e... só eu me lembro que vocês foram namorados? Desculpa se isso soar pouco maduro da minha parte mas, sim, estou desconfortável com isso. E muito!

– Vem cá! – Pedro puxou Helena pra perto, colocando o cabelo dela por trás da orelha. – Eu entendo e não acho que tenha nada de ridículo nisso. Você é a mulher mais madura que já conheci. Eu mesmo estou desconfortável com toda essa situação. Queria que todos, principalmente a Manuela, soubessem da gente. Mas o que eu quero que você entenda é que não precisa se preocupar com nada. Sou louco por você, Helena! Não existe ninguém que vá mudar isso. Confia em mim? – Pedro a beijou suavemente por três vezes seguidas.

– Eu confio em você – respondeu olhando nos olhos dele antes de beijá-lo mais uma vez.

– Então, vamos voltar para a mesa? Do jeito que você ama salmão, devia estar realmente com muita raiva pra deixar aquele prato pela metade.

– Se a Marlene já tiver tirado ele da mesa, minha raiva de você vai ficar bem maior! – brincou, puxando-o para a sala.

Estava tudo bem. Não estava? Bom, pelo menos ia ficar. Não ia?

Eram sete da manhã quando Alice surpreendeu Bernardo vestida para acompanhá-lo a seu mergulho diário na praia do Arpoador. Enquanto o marido tirava de letra acordar cedo, a mãe de Manuela e Pietra só encontrava vida inteligente dentro de si a partir do meio-dia. Mas o sacrifício daquela manhã tinha um motivo especial. Tantos anos morando sozinhos na França tinham tornado o casal literalmente inseparável. Essas semanas no Brasil tinham aproximado Bernardo da mãe (Alice nunca teve uma boa relação com a sogra) e o casal das filhas, mas andava afastando ligeiramente um do outro. Por isso ela se rendeu ao despertador, caprichou no elegantíssimo maiô preto e branco e foi acompanhar o marido, que pareceu feliz com a parceria inesperada.

Alice dispensou a cadeira de praia oferecida e sentou-se em uma canga emprestada de Manu. O lugar era o mesmo dos tempos em que passava horas sob o sol conversando com Lilian e Helô. Mas agora tudo parecia tão diferente sem elas! Lembrou do humor irreverente de Helô, rindo enquanto jogava seus pesados e longos cabelos escuros de um lado para o outro. Quando reviu Guilherme ficou impressionada como ele tinha os exatos olhos da mãe: azuis claros, enormes, hipnóticos. Em seguida, lembrou de Lilian. O oposto de Helô! Falava baixinho, ficava vermelha por tudo e parecia se envergonhar da própria beleza, com os cabelos cor de mel quase avermelhados e os olhos verdes claros, colorindo seus traços perfeitamente aristocráticos. Sentiu uma onda de tristeza. Lembrou que ainda não tinha reencontrado a filha da amiga desde seu retorno ao Brasil. Seria uma forma de amenizar a imensa saudade que sentia da pessoa mais especial que já tinha conhecido.

Alice foi arrancada de sua nostalgia por uma cena que lhe roubou a atenção. Bernardo voltava do mar quando parou para cumprimentar uma garota. Ela não deveria ter mais do que 25 anos. Deram dois beijinhos, trocaram poucas palavras e alguns sorrisos, e a ruiva – bastante bonita, diga-se de passagem – continuou sua caminhada pela beira do mar.

Quis fingir para si mesma que a identidade da desconhecida não a interessava nem um pouquinho. Nunca foi uma mulher insegura e nem tinha motivos para isso: antes de Manuela fazer sucesso nas areias do Rio, sua mãe já era considerada a musa de sua geração. Além disso, o tempo tinha sido bastante gentil com ela que, aos 41 anos, continuava deslumbrante. Mas, mesmo com todas essas cartas na mão, não se sentia segura diante daquela cena boba e não quis disfarçar seu incômodo com uma expressão facial de pôquer. Quando Bernardo se sentou ao seu lado, disparou sem hesitar:

— Amor, quem era aquela garota?

– Se eu te disser que não sei vai parecer estranho?

– Vai – se manteve séria mesmo vendo que o marido ria inadvertidamente.

– Tá bom, deixa eu explicar melhor: sempre nos víamos na praia nesse horário, até que uma vez ela perdeu uma pulseira na areia e me pediu ajuda para procurar. Dias depois, por coincidência, estava na livraria procurando uma antologia do Manuel Bandeira e ela estava lá. Me ajudou a encontrar, conversamos um pouco e passamos a nos cumprimentar na praia desde então. Mas, falta de educação da minha parte, não só não lembro do nome dela como nem sei se cheguei a perguntar!

– Ela é muito bonita.

– Menina ainda, né? Deve ter a idade da Pietra.

– Acho que está mais para a idade da Manu.

– É, eu sou péssimo pra reparar nessas coisas. Mas por que você está perguntando isso?

– Vou parecer muito boba se disser que fiquei com ciúmes? – colocou as mãos diante do rosto quase com vergonha da pergunta.

Bernardo se derreteu, abraçando a esposa enquanto respondia:

– Bobo seria eu se te desse razão pra isso. Eu me casei com a mulher mais linda do mundo e só tenho olhos pra ela, entendeu?

Alice fechou os olhos quando o marido a beijou. Ele, aos 41 anos, era muito mais charmoso que aos dezesseis, quando se beijaram pela primeira vez. O primeiro beijo de um garoto tímido e uma imensa surpresa para a loira mais popular da Zona Sul nos anos 80. Ele pode ter ficado mais atraente com os fios grisalhos e o ar confiante de um diplomata, mas ela queria acreditar que continuava sendo apenas o seu Bernardo. Respirou aliviada e encostou a cabeça em seu ombro.

Helena tomava café da manhã lendo as notícias do dia pelo tablet. Pedro já tinha saído para o trabalho e Amélia para a ioga quando Henrique se sentou à mesa com uma cara de exaustão.

– Você sabe que ficaria bem convincente em um papel de zumbi hoje? – Helena comentou impressionada.

– Bom dia pra você também!

– Nem vi você chegar ontem e geralmente mesmo depois das festas sua carinha costuma estar um pouquinho melhor!

– Eu cheguei às cinco da manhã e são oito! Preciso estar na Barra em uma hora. E eu não estava exatamente me divertindo em uma festa, essa é a questão. Estava no aniversário de uma amiga da Lalá em uma boate na Barra. Sei lá, acho que tinha mais fotógrafo, penetra e subcelebridade do que convidado propriamente. Você sabe que essa não é bem a minha praia.

– É, acho que não deveria ser a praia de ninguém em sã consciência. Mas a aniversariante era tão amiga da Lalá assim pra vocês ficarem até a hora da faxina mesmo estando tão chato? – perguntou, completando o copo com mais um pouco de mate.

– Nada. Conhecia da academia. Mas a Maria Laura é insegura com tudo. Achou que eu queria ir embora cedo porque não queria ser fotografado com ela, não queria assumir pra imprensa que era minha namorada.

– E é isso que ela é? Sua namorada? – Os olhos de esfinge de Helena podiam incomodar de vez em quando. Era cedo demais para que o cérebro dele estivesse tão rápido para responder perguntas tão afiadas. Principalmente aquelas sobre as quais não tinha pensado tanto quanto deveria ainda.

— Você sabe como eu sou. Normalmente esperaria um pouco mais para sair rotulando as coisas. Mas acabei assumindo. Ou pelo menos foi o que eu disse para aquela repórter pentelha daquele programa de fofoca que tava lá. Pelo menos, a Lalá ficou feliz – parou por um segundo mexendo o açúcar que tinha colocado no café, com o olhar distante e o sorriso bobo de quem está lembrando da cena. – Ela andava achando que eu não dizia que éramos namorados porque não gostava de verdade dela.

– E você gosta? – ela era implacável. Não era à toa que seus professores diziam que seria a melhor advogada criminalista de sua geração. Era capaz de arrancar a verdade com uma competência que deixaria a maiêutica de Sócrates no chinelo.

– Por que eu estaria com ela se não gostasse?

— De verdade?

— *Touché*, Helena! – fez piada com um gesto de quem se rende. – Acho que ainda é cedo. Não posso ser completamente apaixonado por ela com menos de um mês de namoro, concorda? Agora gira a garrafa e me fala de você. Como estão as coisas entre você e o Pedro? Mas, espera: sou seu irmão mais velho, me poupe dos detalhes picantes!

– Não se preocupe: essa parte dos detalhes picantes ainda nem aconteceu!

— Oi?! – Henrique quase engasgou com um gole de cappuccino.

— Acho melhor deixar isso para quando estiver tudo resolvido, assumido.

– Meu Deus, Helena, dá uma trégua! O garoto tá na seca há meses!

– E eu não?! Não se trata de trégua: ele mesmo entendeu a situação. A gente quer assumir tudo logo. Mas vai ser tão difícil contar pra Manu!

– Vocês estão cozinhando isso por tempo demais! Já está mais do que na hora da Manuela saber!

– Você tem razão – Helena pareceu pensativa. – Até pra ela entender que não tem mais chance com o Pedro! – A forma como colocou o copo de volta na mesa com uma força desnecessária chegou a incitar uma suspeita em Henrique de que o vidro tivesse trincado e denotou uma raivinha que não cabia no cenário.

– Ei, eu não conhecia essa versão ciumenta da minha irmã! Não viaja, Lê! Mesmo se ela amarrar o Pedro, não vai dar em nada. Ele é completamente apaixonado por você!

– Com menos de um mês de namoro? – Ela alfinetou o irmão ao ver a contradição entre isso e o que ele tinha dito antes, sorrindo triunfante.

– Ihhhh, a Lalá te contratou, é?! – Henrique riu e jogou o guardanapo que estava em seu colo na irmã, levantando-se da mesa em seguida. – Deixa eu ir que estou atrasado.

Nada como um momento entre irmãos para perceberem que estavam ambos andando na linha do trem com suas escolhas perigosas. Henrique tinha topado dançar no ritmo escolhido por Laura em uma apresentação para uma grande plateia, mesmo sem saber se conseguiria acompanhar todos os passos que sequer conhecia. E Helena colocava em xeque o que, ao mesmo tempo, parecia proteger instintivamente com unhas e dentes. É melhor que alguém avise aos Piva de Albuquerque que trens não desviam, ou muita gente pode sair machucada nesses trilhos.

George reuniu os Garcia Leal na sala de estar para dar a notícia.

– Eu sei o quanto o lado emocional de vocês pode sentir essa perda, mas, racionalmente, é uma notícia muito boa. Conseguimos comprador para o apartamento que servia de escritório para o Dr. Evandro. Ele quer acelerar todo o processo e vai pagar uma quantia bem superior para que a venda seja feita com todos os móveis, quadros e livros. Vocês têm dois dias para a retirada de objetos pessoais que possam ter ficado lá. Peço que encarem isso como uma oportunidade de pagarmos grande parte das dívidas.

– Grande parte? – Bernardo questionou. – Vamos vender um apartamento no Arpoador com móveis e quadros valiosos e nem isso resolve a situação?

– Infelizmente, Bernardo, o valor da dívida é uma bola de neve bem maior que isso.

Um a um os membros da família foram se retirando da sala, até que Pietra e George ficassem sozinhos.

– Detesto ser o portador desse tipo de notícia! Sua família deve me ver como um corvo.

– Imagina, eles adoram você.

– Seu pai eu tenho minhas dúvidas.

– Fica tranquilo – Pietra colocou a mão sobre a perna de George, mas seu olhar era distante.

– Você tá longe! Pode me dizer onde para que eu vá te buscar?

– É só cansaço. A coluna de hoje me levou um tempo enorme e eu ainda fui assinar o contrato para o comercial do carro. Tô morta!

– Morta demais para ver o pôr do sol comigo no Fasano?

– Até pra isso! Desculpa, George! Hoje eu não vou ser boa companhia.

– Tudo bem! Vou correr então com os contratos e amanhã quero você com outra carinha para a festa à fantasia dos Menicucci!

– Meu Deus, é amanhã! A fantasia está pronta desde semana passada, mas tinha esquecido completamente. Tudo bem. Vou estar bem, prometo.

Despediram-se com um beijo e Pietra levou George na porta. O aperto que tinha no peito parecia capaz de fazê-la explodir. O nó que tinha na garganta certamente seria capaz de sufocá-la. Pensava tanto em Guilherme que conseguia sentir o cheiro de seu perfume amadeirado. O toque das mãos, a respiração, o ritmo do beijo... Era aprisionador constatar o quanto tudo nela ainda pertencia a ele. Serviu para si mesma uma taça de Pinot Noir e bebeu sozinha enquanto se cobrava ser forte o bastante para ignorar tudo o que sentia.

No quarto ao lado, Manuela finalmente tinha tomado coragem para ligar para Pedro.

– Oi, estou em reunião agora, Manuela. Está tudo bem?

– Não, é rapidinho! O escritório do vovô vai ser vendido amanhã e eu queria muito passar lá pra pegar umas coisas e, sei lá, me despedir do lugar. Acho que não consigo ir sozinha. Queria te pedir pra me fazer companhia. Não vai levar nem uma hora.

– Quando... quando eu sair do trabalho te pego em casa, ok? Mas realmente preciso que seja rápido.

– Prometo! Obrigada, Pedro. Até mais tarde.

Pedro desligou esfregando a testa como quem não sabe se tomou a decisão correta. Manuela desligou dando pulinhos dignos de uma menina de onze anos de idade.

Helena saiu correndo do Ministério Público para tentar pegar o carro antes que o céu desabasse como ameaçava. Nas escadas, encontrou um promotor que conhecia desde pequena, cuja esposa era unha e carne com Jacqueline.

– Heleninha! Desde que você veio trabalhar aqui nunca nos encontramos!

– Sabe como é, estagiários são mantidos em cativeiro! – brincou, provocando uma espalhafatosa gargalhada de seu interlocutor.

– Quem está muito sumida também é sua mãe! Não tem ido a nenhum dos nossos eventos e nem organizado mais os jantares do dia 29. A Yeda ligou para saber se ela iria ao Baile de Carnaval do Copa na semana que vem, mas ela também não retornou. Está tudo bem com ela?

– É mesmo?! Ah, sim, claro! Ela está sem tempo pra nada com a viagem para a Croácia! Mas vou cobrar dela hoje mesmo.

Despediram-se e Helena se apressou, preocupada, até o estacionamento. Não havia viagem nenhuma para a Croácia e ela não tinha ideia do paradeiro da mãe, mas havia aprendido desde pequena a proteger a intimidade da família a sete chaves. O que poderia justificar essa saída de cena de Jackie? Nada para ela era mais importante do que o *jet set*. Então por que estava se ausentando dele? Desde a briga, Helena fingia não dar a mínima para a existência de Jacqueline. Mas parece que tinha falhado em sua missão.

Manuela girou a chave devagar e olhou para Pedro antes de abrir a porta. Aquele apartamento continuava intacto, idêntico a como tinham deixado. Parecia guardar o passado intocado ali dentro – à prova de todos os erros que vieram depois.

Manu pegou um livro que o avô tinha dedicado a ela quando ainda tinha dois anos de idade. Pegou também algumas fotografias e o icônico cachimbo que Evandro tinha parado de fumar há três anos por recomendações médicas. Depois de colocar tudo dentro da espaçosa Longchamp vermelha, sentou-se ao lado de Pedro na bancada da janela.

– É tão estranho pensar que esse lugar não vai mais existir! Você lembra como a gente amava ficar aqui?

– Claro. Era um refúgio.

– Exatamente isso. Aqui estávamos protegidos de tudo. E, entrando aqui novamente, não sei explicar. Parece que nada mudou. Que ainda somos aquele casal. Que ainda estamos protegidos de tudo o que fizemos e dissemos. De tudo o que nos separou. Estar aqui torna ainda mais óbvio o fato de que nada mudou. Nem no apartamento e nem aqui dentro – colocou a mão de Pedro sobre o seu coração. – Eu ainda sou apaixonada por você, Pedro! Tão apaixonada quanto era no dia em que você entrou aqui comigo no colo, prometendo que seríamos só nós contra o mundo inteiro.

— Olha, Manuela, eu... – Pedro tentou se levantar, mas Manuela se debruçou sobre ele, calando suas palavras com um beijo.

VIII – UM PASSO PRA TRÁS

Posso ouvir o vento passar
Assistir à onda bater
Mas o estrago que faz
A vida é curta pra ver
Los Hermanos – O Vento

– Você não fez nada de errado. Nada mesmo. Foi lá pra ajudar, não podia imaginar que ela faria aquilo e foi embora no mesmo instante em que aquele beijo aconteceu. Ponto! Não foi sua culpa. Nada disso foi sua culpa. E quando você explicar exatamente como aconteceu, Helena vai entender. Ela tem que entender.

Para desespero de Pedro, esse parecer vinha dele mesmo, enquanto falava sozinho dirigindo de volta para casa. Tinha deixado Manuela no apartamento sem dizer uma palavra além de "Tenho que ir". Se fosse explicar mais do que isso, teria que contar que ele e Helena estavam juntos e, isso sim, tinha certeza que seria um erro pelo qual a namorada jamais o perdoaria. Agora suava frio ao esperar o último sinal abrir antes de entrar na Rainha Guilhermina. Por mais que estivesse convicto da própria inocência, sabia que não seria exatamente agradável dizer a Helena que tinha sido beijado pela ex-namorada. Especialmente depois do ciúme dela ter sido declarado no dia anterior. Sinal verde. Entrou na rua, na garagem, no elevador, no apartamento. Amélia estava lendo um antigo exemplar de *O morro dos ventos uivantes* na poltrona verde menta quando Pedro beijou-lhe a cabeça.

— Tudo bem, meu filho? Chegou tarde hoje. Estava de novo nos Garcia Leal?

– É, mais ou menos... Preciso falar com a Helena, Amelinha. A porta dela está fechada por algum motivo especial?

– Helena não está, Pedro. Na verdade, ela não chegou a me dizer aonde ia. Tomou um chá quando chegou do trabalho e depois pegou as chaves do carro e saiu novamente. Estava bastante séria. Achei que você fosse saber mais do que eu.

– Não, eu nem faço ideia. Vou tentar falar com ela pelo celular – respondeu em um tom mecânico de quem está em qualquer lugar menos ali.

Bastante séria? Saiu sem falar nada? Será que ela... Não! Ela não teria como saber do beijo! Tinha acabado de acontecer, nem a Reuters teria repassado essa notícia com tamanha rapidez. A não ser que Manuela tivesse ligado para ela. Pedro vivia segundos de terror e frio na espinha que só alguém que tem algo a esconder conhece.

Felipe Dantas tinha voltado para o Rio de Janeiro com alguns planos na cabeça, mas nenhum deles tinha se concretizado. Achava que a morte do avô de Manu pudesse aproximá-lo ainda mais dela, mas o fato das feridas dela terem cicatrizado durante o período em que ele esteve na Austrália parecia ter criado um abismo entre os dois. Se na noite anterior à sua partida, Manuela e ele pareciam finalmente destinados a ficarem juntos, na manhã seguinte ao seu retorno ela era uma completa estranha. Felipe sentia que já tinha passado tempo demais insistindo nesse capítulo e decidiu virar a página. Manu era incrível, em todos os sentidos. Mas seu único defeito era não saber o que queria. E isso era simplesmente intolerável para ele.

Naquela manhã, antes de ir para o trabalho, Felipe havia resolvido cuidar do resfriado que se instalava do típico jeito natureba dos Dantas. Foi até uma casa de sucos na esquina da Maria Quitéria, focado em pedir uma vitamina sugestivamente chamada de bomba antigripal. Levava laranja, acerola, mel, limão e outra infinidade de coisas que supostamente aumentavam a resistência. Tinha acabado de fazer seu pedido e estava apoiando os braços no balcão quando viu um casal tendo uma conversa nada romântica. O rapaz, de sotaque forte, parecia irredutível ao que quer que a loira com ar contrariado tentasse lhe dizer, segurando sua mão para que não fosse embora. Felipe não era do tipo que acompanha cenas de estranhos na rua como se assistisse novela. Definitivamente não tinha o perfil de fofoqueiro da paróquia. Mas não conseguiu desviar os olhos porque tinha certeza de que conhecia a garota, por mais que sua memória tivesse falhado em lhe dizer de onde por um bom tempo.

— Me esquece, tá bom? - o rapaz agora levantava a voz o suficiente para que todos naquela esquina se interessassem pelo casal. — Você já estragou a minha vida, o que mais você quer? Espera, não responde. Só me deixa em paz, Laura!

Quando o rapaz, que pelo sotaque parecia ser argentino, virou as costas e atravessou o sinal aberto em direção à praça, a menina, menos constrangida pela cena do que devastada pelo desfecho dela, se virou para Felipe e os olhares se cruzaram. Péssima hora para lembrar, mas agora ele sabia quem era. A namorada de Henrique. Laura respirou ofegante pela boca e o congelou com os olhos, como se a culpa do flagra tivesse sido dele. Sem dizer nada, foi embora, enxugando os olhos com as costas da mão esquerda e pisando com força, visivelmente irritada. O pedido de Felipe chegou logo em seguida, mas ele levou algum tempo até começar a beber. Queria não ter testemunhado o que ainda não se sentia capaz de interpretar.

Helena ficou parada diante da casa onde a mãe morava com o atual marido no Jardim Botânico por uns bons quarenta minutos até que tomou coragem suficiente para sair do carro e apertar o botão do interfone.

– Pois não? – uma voz feminina respondeu.

– Eu sou a Helena, filha da Jacqueline. Ela está?

Depois de alguns segundos houve uma resposta:

— Entre, por gentileza.

Em seguida Helena ouviu o barulho do portão sendo destravado e entrou. Deu alguns passos por um jardim de decoração duvidosa até que o padrasto, que tinha visto duas únicas vezes, apareceu na porta de entrada.

– Como vai, Helena? Creio que esteja procurando pela sua mãe, certo?

– Sim. – O que mais estaria fazendo ali, gênio?

– A Jacqueline não está morando mais aqui. Há quase dois meses se mudou e levou a maior parte das coisas. Mas preferimos lidar com isso de uma forma mais discreta.

Helena quis perguntar o que tinha acontecido, mas entendeu que aquela não era a hora e nem ele a pessoa para se ter uma conversa desse calibre.

– Você sabe me dizer para onde ela foi?

– Sim. Toda semana meu motorista leva algumas coisas para ela, tenho o endereço – apanhou um pedaço de papel que estava sobre a mesa e a entregou. – Aqui está. Ele já sabe de cor, não vamos mais precisar disso anotado.

— Obrigada e desculpe por incomodar a essa hora.

– Problema nenhum. E, Helena! – fez com que ela virasse de volta para ele. – A Jackie vai ficar muito feliz em ver você.

Helena esboçou um sorriso, balançou a cabeça positivamente e fez o curto caminho de volta até o carro, onde finalmente leu o papel. Itaipava?! Por que a mãe teria saído de casa para se mudar em segredo para a serra? Logo ela, sempre adepta da alta roda e do frenesi das noites do Rio de Janeiro? Havia algo de muito estranho naquilo tudo e ela não tinha certeza se queria descobrir.

A melhor parte de ser uma pessoa influente (mesmo quando se está completamente falida) é que não existe horário nem dia para que as pessoas te atendam com seu melhor sorriso no rosto. Manuela arriscou a sorte e ligou depois das onze da noite para o celular da dona de uma das mais famosas lojas de fantasia do Rio de Janeiro. Ela e Pietra, assim como quase todas as figurinhas carimbadas da cidade, tinham encomendado seu *outfit* para a festa do dia seguinte com ela, e uma ligação assim se atende mesmo depois das educadas dez da noite. E no segundo toque, como aconteceu naquele momento.

– Oi, Gi! Desculpe pela hora. É que queria ver se conseguia uma encomenda de emergência! Queria te pedir mais duas fantasias. Uma feminina, mais ou menos mesmo tamanho que o meu, embora ela seja um pouco mais curvilínea e mais baixa. Essa tem que ser bem elegante, porque é pra Helena Piva de Albuquerque, embora ela ainda não saiba.

– Será um prazer vestir a Helena pra festa, Manu! Acho que tenho algo aqui que vai ser a cara dela. Mando para a sua casa mesmo?

– Sim, para não estragar a surpresa. E a segunda é uma fantasia masculina. Acredito que tamanho 40. Essa pode ser mais discreta, talvez com um quê misterioso.

— Hmmm... tenho algumas opções aqui. Também para o mesmo endereço?

– Não, essa vai pra Rainha Guilhermina. Pra casa dos Piva de Albuquerque.

– É para o Henrique? Porque ele já encomendou a dele.

– Não, não. Vai ficar em nome de Pedro Bacellar.

– Ok! Amanhã de manhã as duas serão entregues!

— Obrigada, Gi! Um beijo grande.

Manu desligou empolgada com as providências para o dia seguinte. A noite seria perfeita. Podia dormir tranquila.

Quando Helena chegou, Pedro estava esperando por ela na sala, mesmo depois de Amélia já ter ido se deitar.

— Oi, o que aconteceu? – perguntou, preocupado e ao mesmo tempo pisando em ovos.

Helena parecia frágil. Largou a bolsa pelo caminho e correu até o sofá onde Pedro estava, deitando no colo do namorado.

– Não quero falar de nada agora. Só me deixa ficar quietinha aqui um pouco? Eu realmente preciso disso.

Ele já podia se considerar a pior criatura do mundo pelo alívio que sentia em saber que qualquer que fosse o problema não tinha nada a ver com ele ou o fatídico beijo de horas atrás? Mas ainda estava genuinamente preocupado com aquela reação atípica da namorada e os motivos que a faziam pedir colo. Também estava ansioso para contar sobre o ocorrido antes que tomasse proporções muito maiores. Mas Helena parecia se sentir tão segura ali, deitada sobre as pernas dele, que Pedro apenas segurou uma de suas mãos e, com a outra, correu o dedo por seus cabelos castanhos.

— Calma, meu amor. Vai ficar tudo bem — era leviano dizer algo assim sem a menor certeza. Mas, em sua defesa, Pedro realmente esperava que fosse ficar tudo bem. Ou, talvez só estivesse repetindo isso para si mesmo enquanto dizia a Helena: – Vai ficar tudo bem...

IX – MASCARADOS

Masquerade!
Seething shadows
breathing lies....
Masquerade!
You can fool
any friend who
ever knew you!
The Phantom of the Opera – Masquerade

Pedro chegou em casa ansioso. Não tinha conseguido falar com Helena o dia todo e a informação estava entalada na garganta. Quando entrou, encontrou um silêncio raro no apartamento e Lívia veio perguntar se queria que servisse o jantar.

– Servir o jantar mas... só pra mim? Onde tá todo mundo?

– Henrique foi a uma festa à fantasia, saiu daqui já pronto com uma roupa que parecia ter uma saia. Helena saiu mais cedo, mas não disse aonde ia. Dona Amélia e Dona Luiza foram a um concerto no Theatro Municipal. E chegou isso aqui para o senhor.

Pedro pegou o cabide encoberto por uma grossa capa de veludo e, ao abrir, entendeu que era uma fantasia.

– Pra mim? Mas quem mandou isso, Lívia?

— Veio em nome da Manuela.

— Manuela... mas de onde ela tirou que eu iria a essa festa?! Enfim...

— Posso servir seu jantar?

– Não, Lívia, obrigado. Vou tentar encontrar a Helena.

Pedro tentou ligar novamente para o celular da namorada e dessa vez, embora ela não tenha atendido, mandou uma mensagem.

"Não posso atender. Estou com a Manuela."

O coração de Pedro disparou ao ler aquilo. Se Helena estava

com Manuela e não queria atender... Será que já sabia o que tinha acontecido?

"Ok, mas está tudo bem? Preciso falar com você, quando você volta?"

Enviou uma resposta um tanto desesperada para ver se conseguia saber mais sobre a situação. Os dois minutos mais longos de sua vida se passaram diante daquele visor do *Galaxy* até que a resposta chegasse.

"Tudo bem, meu amor. Manu está precisando conversar, acho que ainda vou demorar por aqui. Nos vemos mais tarde? Beijos!"

Um alívio maior do que o de beber água e tirar os sapatos depois de uma maratona sob o sol tomou conta de Pedro. Ela ainda não sabia. AINDA. Agora ele precisava pensar em alguma coisa para que isso não acontecesse. E rápido.

Helena tinha chegado na casa de Manuela duas horas antes e ela ainda não tinha dito exatamente por que motivo tinha convocado a presença da melhor amiga. Além disso, a amiga estava com aquele sorrisinho de quem guarda algum segredo incrível a sete chaves.

– Tudo bem, a gente já pediu japonês, você já colocou umas dez músicas do Red Hot Chilli Peppers, embora saiba que só gosto de duas, e já deu esse sorriso bobo umas cem vezes dizendo "nada, ué!" toda vez que eu pergunto o que está acontecendo. Agora dá pra desembuchar ou vamos ficar nessa brincadeira de vaca amarela por muito tempo?

Manuela riu de forma infantil e cobriu o rosto com as duas mãos, como sempre fazia quando estava com vergonha ou muito ansiosa a respeito de algo.

– Você precisa me jurar primeiro que não vai me julgar nem brigar comigo!

– Por que eu tinha essa nítida impressão de que você tinha feito besteira, Manu?! Ai, sério... Eu devia ganhar adicional de insalubridade por ser sua melhor amiga. O que você aprontou dessa vez? É reversível?

– Talvez eu não queira que seja.

– Deixa eu pegar mais um Martini que sinto que vou precisar pra ouvir isso. – Helena foi até a cozinha, aproveitando que estavam sozinhas na casa da amiga.

Manuela foi atrás dela em saltinhos pela sala e manteve o suspense.

– Mas eu só vou contar se você for à festa comigo hoje.

– Festa?! – Helena exclamou enquanto completava a taça. – Mas que festa é essa?

— A dos Menicucci!

— Ah... lógico! Nossa, ignorei completamente essa festa e olha que nunca faltei desde que tenho dezoito anos! Mas, tarde demais, nem tenho fantasia!

– Eu também não pretendia ir, mas acabei me animando. E pra você ver como sou uma amiga maravilhosa, já encomendei sua fantasia! E ela está no meu quarto, esperando por você!

– Não, Manuela, de jeito nenhum! Eu já tinha outros planos para hoje e você não vai me chantagear com essa notícia!

– Que planos são esses? – Manuela perguntou, achando que a amiga estava blefando.

Ok, Helena não podia dizer que tinha planos de jantar com Pedro, conversar com ele e passar o resto da noite curtindo a companhia do namorado, então era melhor inventar uma desculpa decente.

— Maratona Greta Garbo no TCM.

– Maratona... Ah, não, Helena! Nem pensar! Você vai comigo à festa e acabou! Até porque, juro que você vai entender quando eu te contar sobre ontem à noite, mas eu preciso muito de você do meu lado na festa hoje.

— Ai, ai, ai!!!

– Por favor, por favor! – Manuela sempre sabia fazer uma manha convincente com aquela cara de cachorro que caiu do caminhão da mudança.

– Qual é minha fantasia?

– Athena, a deusa grega da inteligência! Não é a sua cara?

– Ok, me convenceu! Vamos logo com isso que eu quero saber o que houve ontem à noite afinal! Como dá trabalho ser uma amiga perfeita!

Manuela pulou em Helena com um abraço que quase derrubou o Martini recém-reabastecido.

Quando Henrique chegou à Villa Riso a festa já parecia estar lotada, como em todos os anos. O baile à fantasia pouco antes do Carnaval oferecido pelos Menicucci já era uma tradição na cidade. O local e a data podiam ser diferentes ano após ano, mas a lista de convidados sofria raríssimas alterações de uma festa para a outra. As mesmas famílias de sempre nem precisavam combinar nada, pois sabiam que se encontrariam ali. Poderia haver acréscimo de uma nova esposa, um novo namorado, um filho que já estivesse na idade de comparecer. Poderia haver o corte de uma ex-mulher que tivesse lavado roupa suja na imprensa nos meses anteriores ou de um empresário que estivesse publicamente envolvido em algum escândalo desses que mexem com a opinião pública. Se você fizesse parte da alta sociedade carioca e não recebesse o convite para essa festa pouco antes de fevereiro chegar, ou poderia suspeitar dos correios ou encarar como uma pena de banimento que nem a Constituição seria capaz de reverter. Ninguém podia ser considerado importante no Rio de Janeiro até vestir uma fantasia na festa dos Menicucci. Por isso, Henrique caminhava triunfante, vestido de centurião romano pelo Jardim das Palmeiras, em busca de um rosto conhecido, fugindo dos fotógrafos e amigos de ocasião. Por isso, ver Felipe trouxe uma enorme sensação de alívio!

– Thor, cara? Sério? – brincou com a fantasia do ex-quase-namorado de Manuela.

– Bom, pelo menos não estou vestido de Santo Expedito! – Felipe retribuiu o abraço com tapinhas sinceros nas costas. Henrique deu uma gargalhada antes de corrigir:

– É centurião romano, mané! E aí, como foram as coisas na Austrália?

— Muito sol, muito mar, muita carne e uma imensa vontade de voltar.

— Manuela?

– É... mas parece que finalmente a coisa se resolveu e não foi nesse sentido.

– A Manu tá confusa, cara. Essa questão toda da perda do avô...

– A Manuela não está confusa. Confuso estive eu ao insistir em algo que estava bem claro. Ela gosta de outro cara e acabou. Tentar dar murro em ponta de faca é burrice.

Henrique pensou que “o cara” de quem Manuela gostava estava comprometido com a irmã e que ele mesmo já havia dito que essa história não terminaria bem. Mas como não podia conversar sobre isso, mudou de assunto.

– A Lalá disse que te encontrou ontem em Ipanema.

– É, nos encontramos sim. – Agora quem estava fugindo do assunto era Felipe, que não tinha entendido até agora aquela cena.

– Um grande amigo dela saiu essa semana da cadeia e eles estavam tomando café juntos. Da cadeia, cara. Barra pesada, né?

– É, imagino que seja sim. Eu lembro que tinha um cara com ela, mas não reparei muito.

– Pois é. Pablo o nome dele. Parece que o cara nem é brasileiro, mas foi pego aqui num esquema de pirataria... doideira.

— Caramba... vocês estão bem, né?

— Estamos... estamos sim.

O tom de Henrique era de uma alegria sincera. Felipe achou ótimo que o assunto do amigo tivesse se encerrado, porque parecia tudo menos uma conversa de camaradas pós-cadeia.

– Ah, tem outra coisa que queria falar com você. Eu curto muito o seu projeto e acho incrível o que você faz com os jovens das comunidades. E queria contribuir de alguma forma, tanto para eles quanto para as crianças mesmo. O que você acha de abrir um espaço para esporte? Eu mesmo poderia dar aula de judô em algum horário livre e conheço uma galera de natação, surfe e futebol que poderia ajudar também.

– Cara, é uma ótima ideia! Acredito muito no esporte como formação de caráter!

Ambos pararam de conversar quando Laura chegou, vestida de Mulher Gato. Ela ficou visivelmente tensa ao notar que Felipe conversava com Henrique.

— Miau! – Henrique deu um beijo na namorada. – Que bom que você não demorou tanto.

— Nem passei em casa.

– Realmente não quero imaginar você saindo do estágio na Globo vestida assim! Mas vamos aproveitar seu esforço e fazer a festa valer a pena!

– Bom, eu vou dar um giro por aí. Boa festa para vocês! – Felipe se despediu.

– Valeu, Felipe! E me liga amanhã pra gente conversar sobre aquele assunto!

Agora Laura estava oficialmente nervosa. O assunto só podia ser o que ela mais temia: a cena que Felipe tinha visto. Engoliu em seco e foi puxada por Henrique para a pista de dança.

Pietra e George chegavam à festa depois de uma longa conversa sobre ela não parecer feliz ao lado dele.

– Vamos deixar isso pra lá agora? Senão nem faz sentido a gente ter vindo a essa festa, George – disse Pietra, que estava vestida de melindrosa, com uma maquiagem anos 20 e um vestido coberto de franjas de canutilho.

– Às vezes acho que você não esqueceu o Guilherme – George disse, parando o carro, com um ar insatisfeito que transparecia mesmo através do meio rosto descoberto pela máscara de fantasma da ópera.

— Por que a gente tem que falar do Guilherme, meu Deus?! – Pietra se irritou.

– Você não entende, né? Porque eu gosto de você, Pietra. Eu gosto de verdade de você. E pra mim não dá na mesma sentir isso imaginando que pode não ser recíproco. Me sentindo inseguro porque você pode estar comigo mesmo gostando de outro cara. Não quero só passar um tempo com você. Não quero só me divertir um pouco. Meu lance com você é sério, Pietra. Eu quero... nossa, como me sinto estúpido dizendo isso no estacionamento de um baile à fantasia depois de uma discussão dessas...

– Quer o quê, George?! – Pietra ainda estava impaciente.

– Eu quero me casar com você! E não precisa dizer nada agora. Por favor, seria constrangedor pra mim se esse fosse o pedido oficial! Mas eu te disse isso pra que entenda por que é importante pra mim saber como você se sente. Em relação a mim ou a qualquer outra pessoa.

Pietra se sentiu péssima. Não disse nada, mas colocou a mão no contorno do rosto de George e o beijou devagar, quase que pedindo desculpas por seu comportamento.

– Vamos? – George perguntou, tentando animá-la.

— Vamos!

Manuela e Helena nunca conseguiam chegar a uma festa sem roubar os holofotes. Às vezes isso era bem divertido (ok, na maior parte das vezes!), mas, naquela noite, a atenção dos outros pouco importava para elas. Helena, fantasiada de Athena com seu longo vestido branco assimétrico, largo cinto dourado e cabelo preso com o das deusas gregas representadas em pinturas e esculturas, estava ansiosa para saber logo o tal segredo de Manu e poder voltar para casa. Queria estar com Pedro e contar a ele sobre o mistério envolvendo o sumiço de sua mãe que tanto vinha lhe tirando o sossego.

Já Manuela não pensava em nada que não fosse Pedro. Incrível como as duas conseguiam estar na mesma sintonia, ainda que de formas tão incompatíveis! Manu estava radiante em seu longo vestido que se moldava às suas formas, revelando um grande decote nas costas, em uma finíssima renda sobre seda de cor verde água, com bordados de pérolas e conchas. Qualquer um poderia torcer o nariz para aquele vestido em uma primeira análise, mas como era ela a desfilar com ele pelo salão principal da Villa Riso, não havia nenhuma mulher presente na festa que não desejasse estar usando o mesmíssimo modelito. A propósito, a fantasia, criada e encomendada por ela, era de Princesa dos Mares, e poucos títulos lhe cairiam tão bem.

– E aí, Manu? Nossa, você está linda! – Alex se aproximou com jaqueta de couro, botas e bandana *Hell's Angels*.

– Oi, Alex! Sua escolha também não poderia ter sido mais apropriada!

– E aí, Helena? Tudo bem? – Alex tentou cumprimentar a amiga de Manu, que retribuiu sem qualquer som, com um sorrisinho de lábios cerrados um tanto quanto antipático.

– Ah, olha quem está ali! Vem! – Helena apontou para um ponto enigmático no horizonte e saiu rebocando Manuela que não tinha ideia de para onde estava sendo levada.

– Quem está aqui?! – Manu quis saber depois de estarem a uma considerável distância de Alex.

– Ninguém! Eu posso saber por que você agora resolveu ser BFF do maior marginal que a gente conhece?

– Você me puxou de lá... – Manuela caiu na gargalhada quando entendeu o pretexto de Helena. – Ah, qual é, Lê?! A gente conhece o Alex desde que tem o quê, uns onze anos? Ele pode não ser o cara mais certinho do mundo, mas também não precisa deixar de falar com ele só porque dá umas mancadas de vez em quando, vai!

– Mancadas? Manuela, esse cara não só se droga como trafica, você sabia? Chegou a tomar um tiro na perna uma vez porque tentou dar calote no dono da boca de sei lá que morro! É com esse tipo de gente que você quer ser simpática, tem certeza? De agora em diante, nada de Alex, combinado? Eu, hein?!

– Sim, senhora! – Manu bateu continência para Helena, que tentou não rir em resposta. – Agora posso te contar o que aconteceu?

– Pelo amor de Deus! Estou esperando por essa revelação há HORAS!

— Tudo bem... se prepara!

– Espera! É coisa boa ou ruim?

– Boa, muito boa! É possível que você brigue comigo porque eu não penso antes de fazer as coisas, EU SEI, mas não é nada ruim, prometo!

— Menos mal. Tudo bem, fala logo! Detesto ficar curiosa assim.

– Ontem à noite eu fui ao apartamento do Arpoador que vai ser vendido. E você sabe que eu costumava praticamente acampar lá com o Pedro quando estávamos juntos, certo?

Helena deu uma leve esfriada ao ouvir a amiga falar da época em que namorava Pedro e por lembrar dos longos relatos sobre as noites calientíssimas dos dois entre aquelas quatro paredes. Se antes não fazia a menor diferença, agora incomodava profundamente. Deu um longo gole no Alexander que tinha na mão e se recompôs.

– Certo... e então?

– E então que ontem pedi pra ele me acompanhar até lá pra que eu me despedisse do lugar. Ele primeiro meio que não quis ir, mas depois concordou e me buscou em casa. Chegamos lá e... eu juro que a ideia original não era essa... tá, tá bom, talvez fosse só um pouquinho. Mas a verdade é que estando ali, lembrando de tudo aquilo, eu tive coragem pra fazer o que queria e... beijei ele!

– Beijou?! – Helena tentou manter o controle diante da amiga, mas era como se tivesse levado um soco no estômago.

– Sim!!! Ai, Lê, foi irresistível! Não tenho falado a respeito, mas descobri o quanto ainda gosto dele! E a gente tem estado tão próximo com essa questão das contas do meu avô, ele lá em casa direto... Achei que se eu desse um empurrãozinho, as coisas podiam voltar a funcionar, sabe?

– E funcionaram? – Se Manuela fosse mais observadora, o que nem de longe era uma de suas qualidades, teria percebido facilmente que Helena estava pálida e com a voz trêmula.

– Acho que sim! Ele se levantou logo depois do beijo e não disse nada, só que precisava ir embora. E saiu correndo, me deixou lá, acredita? Mas acho que isso é um bom sinal. Quer dizer que ele ficou mexido com o beijo, concorda? Senão ele não teria motivos para ficar tão nervoso.

– Eu... eu acho que não.

– Que não teria motivos ou que não foi um bom sinal?

– Que não... desculpa, Manu, eu nem sei o que estou dizendo. Acho que misturar o Martini de mais cedo com esse Alexander me fez meio mal. Vou ao banheiro e te encontro daqui a pouco, pode ser?

– Imagina, eu vou com você!

– Não! Não precisa! Acabei de ver o Felipe ali, ele com certeza está procurando você. Já volto.

Helena correu para o banheiro e se trancou em um dos reservados, abafando com a mão um choro que não conseguiu conter. Ela confiava cegamente em Pedro até então. Mesmo sentindo ciúmes da proximidade dele com Manuela, mesmo se sentindo insegura a respeito da história tão recente dos dois, jamais imaginaria que ele pudesse ceder. E se o beijo não tivesse sido culpa dele? E se tivesse sido pego de surpresa? Seria possível pensar nisso, mas se tivesse sido esse o caso, por que ele não contaria nada para ela? Se não contou é porque provavelmente o beijo tinha significado mais do que ele próprio gostaria de admitir.

Suava frio, sentia uma mistura de enjoo com tontura que nunca tinha experimentado. Ela já tinha se decepcionado antes. Ninguém conseguiria esquecer da fatídica noite em que ela, na própria festa de noivado, tinha sido informada (com provas incontestáveis) sobre a traição de Guilherme. Mas mesmo aquela humilhação pública, mesmo o fim de um relacionamento de oito anos, não tinha doído daquela maneira. Se enganar com Pedro ia além. Além até do que ela gostaria de admitir. Sabia o quanto gostava dele, mas se vendo ali, espremida naquele banheiro miúdo, borrando a maquiagem com as lágrimas que tentava segurar, entendeu que era mais do que gostar... Mas, fosse o que fosse, ela ainda era Helena Piva de Albuquerque.

Agradeceu pela sorte do banheiro ainda estar vazio quando saiu do reservado. Respirou fundo, secou as lágrimas, lavou o rosto e retocou a maquiagem com um estojo Dior minúsculo e extremamente bem equipado que trazia dentro da *clutch* dourada Michael Kors. Se divertiu por um instante ao pensar que até as deusas gregas choravam. Mas elas não tinham um bom arsenal de *make up* para apagar os resquícios desse tropeço mundano. Pelo menos diante dos olhos dos outros. Deu uma última olhada no espelho, jogou os ombros para trás e saiu decidida a passar por cima do que quer que fosse, ainda que isso incluísse o que ela mesma sentia.

– Então, você é o Thor? – Manuela roubou a bebida de Felipe do balcão do bar enquanto ele estava distraído pensando em algo bem distante dali.

Ele se virou, surpreso e, ao vê-la, deu um sorriso tranquilo, abraçando-a em seguida.

– E você é o quê? Uma sereia?

– Quase isso. E como você está?

– Bem, trabalho com um ritmo super puxado, querendo começar alguns projetos e com o braço ferrado por causa da canoagem, acredita?

– Não creio que você possa controlar esse martelo assim.

– É, estou tentando fugir de situações em que eu precise usá-lo! – riram. – E você? Como estão as coisas em casa?

– Difíceis... mas acho que a gente se adapta cada vez mais. Tem sido muito importante pra mim estar próxima da minha avó, dos meus pais. Até da Pietra! Fazia tempo que eu e minha irmã não éramos tão unidas.

– Fico feliz, Manu. Você sabe o quanto acho você uma garota incrível. Quero muito que seja feliz.

– Eu também! – Manuela devolveu a bebida, colocando as mãos sobre as de Felipe. – Você é um cara incrível! Um príncipe, de verdade.

– É, o Thor na verdade era um príncipe mesmo, certo?

Manu deu um beijo delicado no rosto de Felipe e se despediu.

– Boa festa pra você, Príncipe de Asgard!

– Pra você também, Princesa das Sereias! – Ele quase tinha acertado a fantasia dessa vez.

Mal Manu tinha se distanciado, outra voz feminina chegou aos ouvidos de Felipe, com bem menos delicadeza do que a anterior. Laura se debruçou sobre o bar ao lado dele e despejou a pergunta de uma forma áspera e breve:

– Você contou ao Henrique?

– O quê?! – Felipe tentava entender a pergunta.

– Contou ao Henrique sobre o que você viu? Ou está para contar nesse dia em que você ficou de conversar com ele?

Só então Felipe entendeu sobre o que ela estava falando e o que vinha temendo.

– Se você está falando do que aconteceu na lanchonete, nem precisava se preocupar. Eu não entendi e nem preciso entender porque não tenho nada a ver com isso. Muito menos tenho o direito de me meter na sua relação com o Henrique ou com quem quer que seja. Meu assunto com ele é outro e você não está envolvida. Eu jogo limpo, Maria Laura. Economize sua preocupação: é provável que outros assuntos precisem mais dela. Com licença.

Laura se sentiu absurdamente idiota parada ali, enquanto Felipe se levantava para ir embora. Tudo aquilo vinha transformando-a em uma neurótica, e a paranoia era tamanha que ela tinha sido extremamente injusta e indelicada com Felipe. Bateu com os dedos no balcão olhando para o vazio até se recompor e voltar para junto de Henrique.

— Bia, me empresta seu celular? O meu ficou na bolsa e preciso ligar pra casa!

— Claro! – Beatriz sacou o celular diante da *clutch* de acrílico e entregou para Pietra, enquanto retocava o batom vermelho e arrumava as ondas laterais do cabelo ruivo em sua impecável fantasia de Jessica Rabbit.

— Oi, mãe, sou eu, Pietra! Só pra avisar que deixei um artigo pronto no laptop e esqueci de desligar. Se alguém for usar, não esquece de salvar, por favor! Preciso enviar para a "In" amanhã, tá bom? Beijo e boa noite!

Beatriz ouviu a conversa da amiga, que devolveu seu IPhone em seguida, agradecendo. Ao olhar para o número que ainda estava no visor, não o reconheceu.

– Vocês mudaram o telefone de casa?

– Não, esse é o número novo, que só os meus pais estão usando. Depois deve ficar lá em casa de qualquer forma, mas por enquanto é só deles.

– Entendi. Então posso apagar, né? E nós, vamos andando logo ou não vamos dançar essa música – Beatriz usou os dedos em um movimento extremamente rápido no visor do celular e puxou a amiga pela mão em seguida.

Helena precisou tomar um pouco de ar fresco no jardim antes de voltar para o salão principal. Sentiu o celular vibrar dentro da *clutch* e acreditou que pudesse ser Manuela, querendo saber de seu paradeiro. Era Pedro. Duelou consigo mesma por alguns toques até finalmente decidir atender, ainda que a voz tenha ficado embargada na hora de dizer "alô".

– Helena? Alô!

– Oi. – Apertou as costas da mão esquerda contra a boca até firmar a voz, por mais que doesse ouvir a voz dele.

– Você não vem pra casa? Está até agora na Manuela?

– Imagino que você esteja bem preocupado com isso.

– Preocupado? Você tá bem?

– Não sei se conseguiria estar bem logo depois de saber que você e a Manuela se beijaram ontem e do quanto isso mexeu com você. Ou você achou mesmo que ainda que não me contasse eu não teria como saber? Como você pôde?

Então ela já sabia. E não tinha sido por ele, e sim da pior forma possível. Pedro sentiu faltar o ar e, junto com ele, as palavras.

— Helena, eu...

– Não fala mais nada, por favor. Eu sei que vamos continuar morando na mesma casa e não vou dificultar mais as coisas. Só esquece tudo entre a gente. Acabou, Pedro.

A voz de Helena quase falhou ao terminar a frase, especialmente quando chegou no nome daquele que até então era seu namorado. Mas foi audível o suficiente para que Manuela, que finalmente encontrava Helena, pudesse ouvir o nome do ex.

– Helena, onde você estava esse tempo todo?! É o Pedro no telefone?! – Manu ficava entre a preocupação com a amiga e a ansiedade diante de quem estava do outro lado da linha.

– É... – Helena tentava manter a calma. – Eu estava perguntando a ele sobre a Amélia e...

– Me dá aqui – Manuela tomou o celular da mão da amiga com um sorriso de orelha a orelha. – Pedro, Manu, tudo bem? Você não vem à festa? Nós já estamos aqui!

— Festa? – Pedro perguntou, completamente confuso com tudo o que estava acontecendo ao mesmo tempo.

– Você não viu a fantasia que eu mandei pra sua casa? Seu nome já está aqui na porta. É na Villa Riso, te mandei os detalhes todos por SMS. Eu vim mais por sua causa, se quer saber. E não vou aceitar um não como resposta. Até mais.

Passou o telefone de volta para Helena, que apenas desligou, colocando-o de volta na bolsa.

– Ai, Lê, nem acredito que consegui dizer isso! Que vergonha! E agora, será que ele vem? Ai, Helena, quantos anos eu voltei a ter? Treze, catorze? Tô tão nervosa, amiga!

Helena retribuiu o abraço sem dizer uma palavra. Não sabia o que doía mais: perder o amor de Pedro ou colocar em risco a amizade de Manuela.

Poucos minutos depois da “linha cruzada”, a poucos metros

ornamentados dali, o grupinho mais animado da festa com certeza era o de Pietra Garcia Leal, embora ela mesma não estivesse com o melhor dos sorrisos. Os amigos de ocasião, os conhecidos ávidos por uma menção na coluna mais "In" da revista homônima, os colegas de farra de longa data e Beatriz Weissman dançavam com toda empolgação ao som de hip hop. Até o quase sempre introspectivo George estava bem saidinho com um lado só do rosto à mostra. E toda a *high society* parecia ter se esquecido por um momento que um ilustre membro dela não estava presente naquela festa. Mas se dizem que o bom filho à casa torna, é porque deve ser verdade. A surpresa foi geral e absoluta quando Guilherme Lunardelli entrou no salão principal. Só os que já passavam dos trinta e os que tinham uma cultura cinematográfica mais aguçada entenderam sua fantasia de Maverick, o lendário personagem de Tom Cruise em Top Gun, mas ninguém deixou de compreender o que ele estava fazendo na festa quando traçou uma linha reta da porta de entrada do salão até Pietra e só parou diante dela, que chegou a tomar um susto quando viu quem tinha segurado seu pulso.

– Pietra, preciso falar com você. Você não atendeu minhas ligações nem respondeu minhas mensagens, mas eu não vou sair daqui até você me escutar.

Embora a música tenha continuado, todo o restante da festa parou junto com Pietra, tamanha a expectativa diante do desenrolar daquela cena.

– Escuta, cara, solta o braço da minha noiva! – George se precipitou.

— Noiva? – Guilherme perguntou, olhando exclusivamente para Pietra.

– Não! – Ela respondeu altiva. – Ainda não... – moderou o tom.

— Ainda? – Ele insistiu.

– Chega, vou chamar os seguranças agora! – George perdeu a paciência.

– Chamar os seguranças? Quem é você para chamar os seguranças? Quem é você para me tirar de algum lugar? Aliás, quem é você? Mesmo sem essa máscara, eu seria incapaz de saber a resposta de verdade... Quem é você, afinal?

– Guilherme, por favor, você tem nome queimado em vários lugares por causa de briga, vai embora. – Pietra pedia, preocupada com o histórico dele.

– Eu não me importo, Pietra! Só saio daqui depois de falar com você ou levando você junto comigo!

– Era só o que me faltava! – George voltou a se intrometer, mas foi parado por um gesto de Pietra, que pediu calma.

– O que você quer afinal? Estou escutando.

– Pietra... Eu não acredito que você possa estar se envolvendo com outra pessoa, sei o que sente por mim. Demorei muito a entender isso e demorei mais ainda pra entender o que isso significava pra mim. Mas na noite em que... na noite em que seu avô morreu, eu te liguei não porque a Helena tinha me dado o fora. Mas porque minha conversa com ela tinha me feito ver o quanto queria estar com você.

Pietra continuou ouvindo o que Guilherme tinha a dizer, mesmo com medo de que todos ao redor pudessem ouvir seu coração batendo com tanta força.

– Foi só quando ela me disse o quanto eu estava diferente... Só quando ela me fez ver isso que entendi que era você a responsável! Você foi a culpada por ter terminado meu noivado. Você me fez ficar do jeito que eu estava quando sofri o acidente. Mas foi você que me mostrou que tudo o que eu vivia era uma mentira. A Helena não era feliz comigo! Eu não sabia o que queria da vida. E você ficou do meu lado até eu descobrir. Você me fez sentir o cara mais importante do mundo quando meu pai me disse que eu era um imenso desperdício. Você me fez querer continuar, querer ser mais forte, querer ser melhor! E aí ficou claro demais pra que continuasse fingindo não ver. Eu queria tanto ter dito isso naquela noite, antes do que aconteceu com o seu avô. Mas estou dizendo agora. E vou dizer quantas vezes forem necessárias. Estou apaixonado por você, Pietra. É você que eu quero.

Ouvir tudo aquilo era tão inacreditável que Pietra demorou a ter qualquer reação. Era apaixonada por Guilherme desde que se lembrava dela mesma. Todos diziam que aquilo ia passar, mas "aquilo" só se provou mais forte do que a opinião de todos, crescendo, amadurecendo, tomando seu lugar de direito. E ela tinha lutado tanto por Guilherme que, naquele ponto, depois de tantas baixas, já tinha se questionado se tudo aquilo levaria a algum lugar. Até que ele estava ali. Com os olhos cheios d'água. Vencendo a vergonha de assumir o que sentia diante de todos os conhecidos, amigos, inimigos, desafetos e demais membros da sociedade da qual fazia parte. Ele estava ali dizendo a ela que sentia o que ela sentia. Que queria o que ela queria. Pietra mordeu o lábio inferior e fechou os olhos por um minuto, sentindo uma felicidade quase irreal. Queria experimentar o gosto daquele momento pelo simples medo de que no segundo seguinte descobrisse que não era real. Em seguida, olhou para Guilherme e um sorriso se desenhou mesmo sem que ela quisesse. Ele retribuiu com outro ainda maior e se inclinou na direção de Pietra para que ela coubesse em seus braços e nunca mais saísse de dentro deles. Quando estava prestes a alcançá-la, Beatriz gritou:

– Pietra, não faz isso! Eu e Guilherme ficamos na noite passada! Nós estávamos bêbados naquela boate nova da Gávea e acabamos nos deixando levar. E, eu não sei como te dizer isso, mas quando falamos de você e eu disse que você estava em outra, ele apostou que conseguiria fazer você voltar atrás. Se você voltar com ele vai cometer o pior erro da sua vida. O Guilherme é um palhaço, Pietra. Ele nunca vai gostar de você de verdade.

– O quê?! Pietra, é mentira! Eu nunca fiquei com essa garota e nem estava em boate nenhuma ontem!

Os olhos de Pietra se tornaram opacos no mesmo instante, perdendo o brilho de segundos antes. Era como se ela tivesse fechado as janelas com pesadas persianas verdes escuras.

– Vai embora, Guilherme – disse sem raiva, sem alteração, sem nem aumentar o tom de voz. Ter acreditado que tudo seria diferente era ter se dado uma última chance. E saber por Beatriz que tudo aquilo era mentira era perdê-la. Doía tanto que ela não conseguiria nem chorar. Doía tanto que ela já nem conseguia sentir. Doía tanto que ela já nem queria estar ali.

– Por que você tá fazendo isso? Anda, fala! Por que você tá fazendo isso, Beatriz?! – Guilherme tentou segurar o braço dela, mas Felipe, que estava próximo da cena, chegou por trás dele, conseguindo imobilizá-lo.

– Não faz isso, Guilherme. Eu não sei direito o que está acontecendo, mas desse jeito vai ser pior, acredita em mim. Vamos embora. – Felipe foi carregando Guilherme que, ao ver que nada mais podia ser feito, sentiu uma lágrima correr de seus olhos antes de decidir acompanhá-lo por vontade própria. Ele tinha razão: se Beatriz estivesse ao seu alcance naquele momento, ele não responderia por seus atos.

– Amiga, me desculpa! Eu nunca deveria ter ficado com ele e sei que devia ter te contado antes – Beatriz segurou as mãos de Pietra.

– Tá tudo bem, foi melhor assim. Não ficam mais dúvidas a respeito dele.

— Eu sinto muito, Pi. De verdade.

George chegou em seguida e perguntou se ela estava bem.

— Estou bem, sim. Me desculpe por toda essa cena, George.

– Pietra, imagina! Não tenho por que te desculpar. Você não teve nada a ver com isso tudo, só foi educada com ele. Vamos esquecer tudo isso? Você estava tão feliz...

É, ela não estava. Mas era bom saber que ele se preocupava em querer vê-la dessa maneira. Talvez tudo isso realmente tivesse acontecido por um bom motivo. Talvez sua felicidade estivesse em George, por mais que ela pensasse nisso ao invés de sentir. Talvez sua avó estivesse certa e amores com sobressaltos só funcionassem nos cinemas, nos livros e nas novelas e séries estúpidas. Ou talvez tudo aquilo existisse sim, mas ela não merecesse viver um desses amores. A verdade é que o instante que ela tinha saboreado não era de fato real. Sacuda as franjas e volte para a pista de dança, melindrosa. Com tudo o que você já fez, tem sorte até demais por ter quem acenda sua cigarrilha.

Henrique estava dançando com Laura quando o celular vibrou em seu bolso. Sentiu uma imensa vontade de ignorar quem quer que fosse. Maria Laura era louca. Seu jeito de falar feito sob medida para impressionar, sua insegurança quase patológica, sua necessidade de estar sob os holofotes ou dentro dos braços de Henrique o tempo todo... Ela parecia um bichinho que já tivesse sofrido maus tratos e precisasse ser cuidado. E ao mesmo tempo era tão linda, tão sedutora e tão frágil, que ele ficava cada vez mais viciado nela. Nenhuma droga pode ser boa, isso era bem verdade. Mas se pelo menos fosse daquelas que destroem bem devagar, talvez valesse a pena. Foi interrompido em sua contemplação pelo celular vibrando novamente. Beijou os ombros da namorada, que agora dançava de costas para ele e atendeu.

— Henrique, preciso da tua ajuda.

— Pedro? — se preocupou com o tom de urgência. — Fala, brother. Tô te ouvindo.

— Eu tô aqui na porta dessa festa, mas não posso entrar. Os seguranças não querem me deixar passar sem fantasia, dá pra acreditar?

— É, eles é que não devem estar acreditando que você tenha vindo a uma festa à fantasia e questione isso. Caiu de paraquedas aqui, cara? O que aconteceu? Não lembrou de conseguir fantasia?

— Eu não vinha, nem tô no menor clima de festa. Manuela até mandou uma fantasia pra mim, mas claro que eu não ia entrar nessa. Eu só vim aqui falar com a sua irmã, Henrique. Me ajuda, cara. É muito sério.

— Ai, caraca! — Henrique tentava pensar em uma solução — Tá bom, cara, eu vou sair em no máximo dez minutos e te dou minha fantasia, você entra e tudo resolvido — pediu calma à namorada que já se prontificou a protestar quando ouviu "ir embora". Ela era pior do que criança quando precisava ser convencida a largar a brincadeira para ir comer.

— Nem pensar, não quero estragar sua festa.

— Meu irmãozinho, pode ter certeza de que com a fantasia que minha namorada tá usando, não vejo a hora dessa festa virar particular; aguenta aí que eu tô saindo. Mas vai arrecadando alfinete aí porque minha roupa é muito maior que a sua.

Henrique já estava saindo de fininho quando encontrou um professor dos seus primeiros períodos de faculdade.

— Henrique? Como vai, rapaz? Tenho ouvido falar tanto na sua empresa! Acho que ganho mais pontos quando digo que fui seu professor.

Henrique sabia que a simpatia e modéstia do professor não correspondiam à realidade. Tratava-se de um dos maiores economistas do Brasil, consultor sênior de uma das maiores consultorias financeiras do mundo. Não precisava de pontos, por mais que o nome do ex-aluno estivesse de fato em alta.

– Professor Zaffer! Há quanto tempo! Nunca mais vi o senhor na UFRJ!

– Não estou dando aulas esse semestre. Além do trabalho na Nesys estar muito puxado, estou escrevendo um livro.

– Que notícia incrível! Faço questão de ir ao lançamento, hein? E, falando em Nesys, olha só que coincidência: uma amiga minha de infância está namorando um dos prodígios da empresa. Seu colega, que mundo pequeno!

– É mesmo? Se for o caso, sorte grande a dela! Os financistas da Nesys são sempre os melhores partidos – brincou, vangloriando-se.

– Ela certamente está à altura. E o nome dele é George... Espera, deixa eu me lembrar do sobrenome... Malheiros! George Malheiros!

Douglas Zaffer franziu a testa como se achasse algo profundamente estranho.

– Henrique, de fato eu trabalho com um George Malheiros na

Nesys. Mas ele está relutando a se aposentar aos 72 anos e, até onde sei, é muitíssimo bem casado há pelo menos uns quarenta! Tem certeza de que o nome é mesmo esse?

Henrique parou por um momento e decidiu não levar o assunto adiante. Não ali. Não naquele momento. Podia ser injusto contar com a memória do professor em uma consultoria que tinha centenas de funcionários e colaboradores.

– Pode ser que eu tenha me enganado quanto ao sobrenome. De qualquer forma, depois verifico e falo com o senhor. Que tal um café na Improve qualquer dia desses?

– Será um prazer! Estou mesmo querendo conhecer essa nova empresa que é assunto em todas as minhas turmas!

– Combinado! Espero o senhor lá, professor!

Pedro ainda não acreditava que tinha ido a uma festa da qual não tinha o menor conhecimento, ainda mais tendo que pegar emprestada a fantasia do melhor amigo, razoavelmente maior do que ele. Colocou no máximo o adereço da cabeça e o restante por cima da roupa: olhar pra ele era entender claramente o protesto de estar ali, principalmente a caráter. Ligou várias vezes para Helena a fim de saber em que local exatamente estava, mas ela não atendeu nenhuma das chamadas. Mais de vinte minutos depois, perguntando a alguns conhecidos, encontrou-a no terraço... ao lado de Manuela! Sabia que o que tinha a dizer não seria fácil e teria consequências imprevisíveis. Mas ele era prova de que não dizer vinha tendo consequências ainda piores. Quando as duas o viram, seria tarde demais para voltar atrás, mesmo que ele quisesse. Tomou fôlego e foi na direção delas.

— Pedro, você veio! – Manu abriu um sorriso digno de criança em noite de Natal.

– Vim, Manuela. E preciso muito conversar com você.

– Pedro, acho melhor você... – Helena se precipitou sobre a amiga um tanto desesperada com o que ele fosse dizer.

– Desculpa, Helena, mas vou dizer agora tudo o que precisa ser dito há tempos.

– Mas o que afinal você tem a dizer? – Manu parecia confusa.

Não pensem que Pedro não se comoveu ao olhar para o rosto dela, cheio de expectativas e ao mesmo tempo, de inseguranças. Ele desejava profundamente não ser a pessoa responsável por puxar aquele band-aid, mas como era, sabia que só havia uma forma daquilo ser feito. E era de uma vez.

– Manuela, ontem não pude corresponder ao seu beijo pelo mesmo motivo pelo qual não voltamos em outubro do ano passado e pelo mesmo motivo pelo qual eu jamais poderia me apaixonar novamente por você ou por qualquer outra pessoa.

– Você tá falando daquela menina de quem você estava gostando? Como eu nunca te vi com ninguém achei que...

– Você achou por minha culpa. Porque eu jamais deveria ter escondido isso de ninguém. A menina em questão e eu estamos juntos e estaríamos muito felizes se não fosse pelo nosso imenso medo de machucar as pessoas com quem nos importamos.

– Eu... não estou entendendo.

– Manuela, a pessoa por quem eu sou apaixonado, que também sente o mesmo por mim e quase abriu mão da própria felicidade pra não te magoar é a Helena.

Manuela se virou para Helena, que estava atrás dela, com olhos arregalados e incrédulos; buscava avidamente por uma negação, que não veio.

– Manu, me desculpa – Helena levou as mãos juntas ao peito. – Eu não queria que nada disso tivesse acontecido e não queria ter escondido nada de você, mas...

Manuela não quis ouvir o restante da história. Sentiu a visão ficar embaçada pelos olhos cheios d'água e saiu do terraço, correndo mesmo assim, deixando os dois sem dizer nada. Era um nó na garganta, como se alguém segurasse seu pescoço com as duas mãos e com toda força. Era uma pontada no peito como se mil adagas tivessem sido cravadas ali. Mas não foram. O golpe foi dado pelas costas, e pela pessoa em que mais confiava.

— Pedro, você não podia ter...

– Helena... Helena, me escuta! – Pedro segurou-a quando ela tentou ir atrás da amiga. – A Manuela precisava saber! Já passou da hora de contar isso pra ela! E você também precisa saber que não aconteceu nada ontem. A Manuela me beijou sim, eu não correspondi e fui embora no mesmo minuto. Quis contar para você, mas ontem você chegou daquele jeito e me pediu para não conversar sobre nada. Hoje passou o dia inteiro fora. Caramba, o que você queria que eu fizesse?! – tirou o adereço da cabeça com um movimento rápido e jogou no chão. — Pelo amor de Deus, como você pôde pensar que eu trairia você quando...

— Quando?

– Quando eu te amo, Helena! O resto todo vai se resolver de alguma forma, mas nada disso pode ameaçar o que nós temos. Eu te amo, Helena!

O porquê dessas três palavrinhas abalarem tanto as estruturas de qualquer mulher é algo que ainda precisa ser explicado pela ciência, dando-se ao assunto a devida importância. Mas mesmo não compreendendo as sem-razões, negar o efeito é simplesmente impossível. Helena quis argumentar, correr, evitar, desistir... Mas tudo caiu por terra quando ouviu Pedro dizer com todas as sílabas e letras que a amava.

– Eu também te amo, Pedro.

E quando se beijaram, por mais que estivesse preocupada com os sentimentos e a reação da amiga, toda a culpa e toda a dúvida finalmente se esvaíram. Lembrou-se das palavras da mãe de Pedro na festa de aniversário dele. Ela tinha razão: o amor de duas pessoas não deveria ser motivo de vergonha nunca e nem poderia ser culpado por magoar alguém. A verdade estava na mesa, nos ouvidos de Manu e diante dos olhos de todos os convidados da festa, que assistiam boquiabertos ao beijo cinematográfico no Terraço das Palmeiras. Embora estivessem fantasiados, ironicamente nunca tinham se sentido tão assumidos como eles mesmos!

Beatriz estava próxima da escada e chegou a ver Manuela passar com a rapidez de uma bala, mas estava concentrada demais em outro assunto. A manobra de emergência para afastar Guilherme de Pietra tinha funcionado maravilhosamente. Em compensação, podia ter tornado Guilherme ainda mais distante dela própria. Com o celular na mão, procurou o número que tinha salvado mais cedo e discou uma vez, dando um toque e desligando em seguida. Segundos depois, repetiu o mesmíssimo procedimento. Na terceira discagem, esperou que atendessem.

Com Luiza fora de casa com Amélia, Alice e Bernardo estavam sozinhos no apartamento como não ficavam desde que tinham voltado para o Brasil. Algumas taças de vinho e muitos beijos depois, foi difícil levantar do colo do marido para atender o telefone, mas Alice se desvencilhou dos braços dele temendo que se tratasse de alguma emergência.

– Alô! – Atendeu, sem resposta. Do outro lado da linha permanecia um silêncio com música e barulhos aleatórios de fundo. – Alô!

Beatriz esperou mais cinco segundos até desligar o telefone, rindo da própria jogada.

— Quem era? – Bernardo perguntou quando a esposa voltou para junto dele.

– Não sei... não responderam. Tinham ligado duas vezes antes e desligado no primeiro toque. Como se faz quando é combinado, sabe?

– Não, não sei. Agora vem aqui, vem?

– Você não estava esperando uma ligação, estava? – Alice deixou que uma pontinha de suspeita atrapalhasse o beijo.

– Eu? Claro que não, amor! E se alguém precisasse me ligar, responderia, concorda? Vai ver que estão discando errado, ou pode ser que estejam nos ligando da França com dificuldade para completar.

– É... deve ser... Pode ser sim.

Manuela estava próxima à porta de saída quando viu Alex conversando com um pequeno grupo de garotos.

– Manu? Tá tudo bem? – O jeito com que ela estava andando louca para sair da festa parecia denunciar que não estava nada bem.

— Me tira daqui. Me leva pra qualquer lugar, mas me tira daqui.

– Ei, calma! Vem comigo! Não sei o que aconteceu, mas logo, logo, você vai se sentir bem melhor!

Manu sequer prestou atenção no que ele disse. Ao subir na moto, percebeu que o vestido longo dificultava. Sem hesitar, pegou um enorme pedaço do delicado tecido a partir de determinada altura das coxas e puxou com força, arrancando boa parte da saia e jogando para trás, como um excesso de bagagem que não estivesse mais disposta a levar nessa nova viagem. Definitivamente, Manuela não queria mais ser uma princesa e tinha trocado os príncipes de contos de fadas em cavalos brancos por um marginal em cima de uma moto com placa fria.

Muitas fantasias ficaram para trás naquela festa. Mas o que a queda de cada uma daquelas máscaras realmente revela ainda estamos por descobrir.

X – CAVALOS SELVAGENS

Well you stole it 'cause I needed the cash
And you killed them cause I wanted revenge
Well you lied to me 'cause I asked you to
Baby, can we still be friends?
U2 – Who's Gonna Ride Your Wild Horses

Que horas eram? Onze? Onze e meia? Meio-dia? É certo que Pietra não tinha um horário exato para acordar, mas sabia que não era exatamente tarde. O despertador ainda não tinha tocado (ou ela não tinha ouvido?), mas o barulho de algo caindo na sala a fez levantar em um pulo. Correu até lá com a visão embaçada de quem estava saindo de um sonho e com os movimentos embaralhados de um corpo que ainda não tinha despertado. Manu estava chegando em casa, os cabelos desgrenhados (não que eles não fossem lindos assim mesmo, mas ela estava definitivamente abusando dessa prerrogativa), roupas amarrotadas e tentava levantar, sem sucesso, o abajur que tinha derrubado com um esbarrão em sua chegada (*Ah, então era esse o barulho!*).

— Que entrada triunfal, Manuela! – Pietra esfregava os olhos e provocava a irmã com uma voz grossa de quem ainda não tinha emitido nenhuma palavra naquele dia.

– Te acordei? Desculpa! Esse abajur... – Manu segurava a luminária, como se o fato dela estar em duas metades não tivesse muita relevância.

– Que horas são, afinal?

– Seis e vinte da manhã – Manu fazia muito esforço para parecer completamente lúcida ao ver as horas em seu IPhone, que, só agora percebia, tinha o visor um tanto quanto arranhado.

– Você tá chegando só agora? – Pietra falou mais em tom de surpresa do que de bronca.

– Invertemos os papéis de irmã mais velha e mais nova agora? Sim, estou chegando agora. Estava com o Alex – Manuela endureceu o tom.

– Não, calma. Só estava preocupada. E que *night* foi essa tão boa que só terminou agora?

– Nem foi tão boa assim. A gente foi a uma festa na casa do Michel Arango.

— Michel Arango, você diz o diretor?

– Ele mesmo. Foi uma festa muito, muito diferente! Sabe todas aquelas pessoas que a gente conhece das festas convencionais e jantares de gala? Louquérrimas, irreconhecíveis. Absinto em todos os drinques, pó em bandeja de prata, kits de seringas individuais em saquinhos em um aquário de vidro gigante no hall de entrada... nossa! Eu realmente nunca fui a nada parecido.

– Nesses dias que você tem saído com o Alex, seus programas parecem sempre muito pouco saudáveis, não acha?

– Como se você, santinha, nunca tivesse se envolvido com esse tipo de coisa.

– Você sabe muito bem que sim – Pietra se apoiou nas costas da poltrona para falar de forma mais firme. – Experimentei tudo o que você pode imaginar e, sim, podia ter me ferrado e muito por causa disso. Você sabe que perdi uma melhor amiga de overdose quando tinha quinze anos e, sinceramente, essa não foi uma onda nada legal! Só acho que você, Manuela, que nunca teve nada a ver com isso, está se metendo em encrenca por besteira! Você não tem ideia do que...

– Ah, chega, Pi! Eu só quero deitar, tá bom?! – Manuela levantou o braço como bandeira branca, mas com isso acabou chamando ainda mais a atenção da irmã.

– O que é isso no seu braço? – Pietra arregalou os olhos para um ponto roxo na parte interna do antebraço de Manu e foi na direção dele como um animal em caça. – Manuela, você... isso é o que eu tô pensando?

– Eu tenho que saber o que você tá pensando? Isso não é nada, Pietra!

– Isso é uma marca de agulha! Eu conheço de longe! Você...

– Eu bebi demais e tive que ir ao hospital tomar soro, tudo bem? Isso é o que essa marca significa! Eu não sei o que você tem hoje, mas espero que melhore quando eu acordar, combinado? Agora me deixa dormir que realmente estou precisando.

Pietra viu a irmã trancar a porta da sua suíte e ficou parada por um bom tempo na sala pensando no que tinha e no que temia ter visto.

– Bom dia! – Pedro beijou a cabeça de Amélia antes de se sentar em frente a ela na mesa do café.

– Bom dia, meu filho! Que bom ter sua companhia para terminar o café! A Lívia trouxe *croissants* de chocolate hoje. Experimenta só!

– Quem adora isso é a Helena! Ela ainda não tá pronta?

– Hoje ela superou você. Tinha uma prova na faculdade e saiu mais cedo do que nunca. E, mesmo em um horário em que o humor dela costuma ser duvidoso, estava distribuindo sorrisos. Será que você suspeita do culpado?

Pedro respondeu com um sorriso enorme que escapou, por mais sem graça que estivesse.

– O namoro de vocês está fazendo muito bem a ela – Amélia continuou, piscando para Pedro em resposta ao seu silêncio.

– A mim também, Amelinha! Você nem imagina...

– Demoraram tanto que eu achei que não fosse conhecer meus sobrinhos-bisnetos!

– Em contrapartida, olha só quem está sendo bem rápida, né?! – sorriu, levantando as sobrancelhas.

— Não sou só eu! – Amélia puxou do colo o jornal que estava lendo para mostrar a Pedro. – Menos de uma semana de namoro assumido e olha só quem está na coluna social de hoje!

Pedro se debruçou até ver uma foto dos dois se beijando na Pedra do Leme, completamente desavisados sobre a possível presença de fotógrafos, acompanhada pelo seguinte texto: "Os novos pombinhos Helena Piva de Albuquerque e o namorado Pedro provando que o namoro segue firme e forte. Quem aposta no casamento do ano em breve?".

– Por que eles fazem essas coisas? – Pedro riu quando terminou de ler. – A gente mal começou a namorar...

– E isso já é notícia dada! Vende mais quem dá notícia nova. Mesmo que não seja exatamente verdadeira – Amélia riu, enquanto pegava outra metade do *croissant* que Pedro também já devorava. – Em compensação, a matéria naquele site ontem deixou a Helena bem chateada.

– "Economista troca de herdeira mas permanece no clube"?

Essa foi realmente péssima. Eu sabia que o fato de já ter namorado a Manuela poderia ter algum tipo de repercussão, mas jogar mais lenha na fogueira quando a melhor amiga da Helena não fala mais com ela por causa disso não foi nada delicado da parte deles.

– E você acha que eles se importam? A verdade é que a Helena não pode se martirizar dessa maneira depois de ter tentado conversar com ela de todas as formas. Alimentar essa postura não vai ajudar. Talvez a Manuela precise de tempo. Ou de qualquer outra coisa que a faça crescer um pouquinho. No final das contas, isso vai ter valido a pena. Vocês vão ver.

— Bom, eu preciso ir. Os *croissants* estavam maravilhosos, mas não chegaram aos pés da companhia. – Beijou as mãos de Amélia sobre a mesa e se levantou. – Bom dia, Amelinha! Mais tarde eu trago a Helena do trabalho.

O namoro de Pedro e Helena era mesmo o novo queridinho dos sites de fofoca, de muitos dos membros da sociedade carioca e de várias das pessoas que a acompanhavam com tanto afinco, que já se sentiam parte do clã de alguma maneira. Mas, assim como os "Pedrenas" que tinham surgido, enchendo o Instagram de Helena de comentários fofos em cada foto do casal, também havia os "*haters*", que acusavam os dois de traição contra Manuela Garcia Leal. O ex-namorado e a melhor amiga nunca ficam juntos sem um pouco de drama. O problema é que quando esse pouco começa a ultrapassar os limites.

Quando Gilda bateu na porta do quarto de Guilherme, abrindo-a em seguida, ele acordou um pouco incrédulo. Primeiro porque a ausência de roupas com que dormia demandava uma privacidade que sempre tinha sido respeitada. Segundo porque ninguém o tirava da cama antes que ele mesmo decidisse acordar, a menos que uma catástrofe estivesse acontecendo. Mas parecia ser esse o caso.

— Seu Guilherme? – Gilda chamava, cobrindo os olhos com o braço esquerdo. – Seu Guilherme, acorda!

– Gilda? O que está acontecendo?

– Seu Ângelo está no trabalho, Dona Helô saiu com a Dona Alice e o senhor precisa atender a porta!

— Atender a porta? Como assim, diz pra pessoa voltar depois, Gilda! Pirou?

– Não posso, Seu Guilherme! É que a pessoa... é a polícia!

Guilherme demorou alguns segundos para registrar a informação e tentar entender por que a polícia estaria na porta da casa dele. Passado o estado de filosofia letárgica, levantou de supetão vestindo um short e uma camiseta que estavam nas costas da cadeira e foi até a sala, descalço e com os cabelos completamente bagunçados (que estranhamente passavam longe de parecer menos atraentes).

– Bom dia, pois não?

— Boa tarde. Acredito que deva ser Guilherme Lunardeli, certo?

— Sim, sou eu mesmo. No que posso ajudar os senhores?

– Nós somos da Polícia Federal. Queríamos conversar com seu pai, Ângelo Lunardeli, mas fomos informados que ele não está, procede?

– Procede, claro. Que horas são, afinal?

— Meio-dia e quinze.

– Ele deve estar no trabalho, como sempre! Ou almoçando, na melhor das hipóteses.

– O senhor pode assinar aqui, provando que estivemos em sua residência hoje?

– Tudo bem, mas... o que está acontecendo, afinal?

– Seu pai precisa nos dar algumas informações.

– Ele é testemunha de alguma coisa?

– Na verdade, ele está sendo investigado. Sonegação fiscal. Vamos até a empresa dele. Agradecemos pela sua colaboração.

Guilherme ficou paralisado no meio da sala enquanto Gilda acompanhava os oficiais até a porta. Sonegação fiscal?

Pietra já esperava em uma das mesas do Eça quando Helena chegou, andando com imponência pelo salão do restaurante até se sentar com ela.

– Quando recebi seu e-mail cheguei a achar que fosse vírus – cumprimentou assim, cordialmente, a companheira de almoço.

– Você sabe que eu não teria te procurado se não fosse sério.

– É bom que seja a Terceira Guerra Mundial, Pietra! Eu até agora não acredito que vim encontrar você. De qualquer forma, teremos que ser rápidas. Preciso estar no estágio em uma hora.

– Eu não vou tomar seu tempo. E te agradeço de verdade por ter vindo, Helena. Sei o quanto você ainda guarda mágoa de mim e... no seu lugar acho que teria uma reação muito pior.

– É porque você não consegue ler meus pensamentos. Mas, enfim... vamos ao que interessa.

– Helena, eu estou muito preocupada. É a Manu. Ela está muito diferente esses dias. Desde que começou a sair com esse tal de Alex.

– Eu não poderia saber, já que ela não atende nenhuma das minhas ligações ou responde aos meus e-mails...

– Ela ficou muito magoada. E, entenda, eu não estou aqui pra julgar ninguém!

– Ah, que bom que você esclareceu isso! Como foi generoso da sua parte!

– Não precisa ser sarcástica, Helena. Nós duas sabemos bem que não sou ninguém para falar da atitude dos outros. O que eu quero dizer é que tudo isso mexeu com a Manuela de uma forma muito estranha e... Hoje eu fiquei apavorada quando ela chegou de uma festa. O braço dela estava com uma marca que é muito característica. Embora ela tenha dito que tomou soro no hospital, pra mim pareceu que ela tinha tomado um pico.

– Tomado o quê?! – Helena levantou o tom de voz.

– Injetado! Você sabe, heroína.

– Não, eu não sei! Aliás, quem entende disso aqui é você!

– Exatamente. E por isso eu estou tão preocupada com ela. Helena, heroína é coisa muito séria. Eu experimentei uma vez e nunca senti um prazer tão grande. Mas semanas depois perdi minha melhor amiga por causa de uma overdose.

– Aquela filha dos Toledo, não foi?

– Carmem, exatamente. Desde aquele dia eu nunca mais cheguei perto dessa droga. E minha irmã sempre foi careta! Ela não tem ideia do estrago que isso pode causar. A gente precisa dar um jeito nisso!

– A gente não, Pietra. Como eu disse, a Manuela não me deixa mais fazer parte da vida dela de nenhuma maneira. E, como você mesma disse, ela é muito careta, sempre foi. Com certeza foi um mal entendido e ela deve mesmo ter tomado soro, você sabe como ela é fraca pra bebida. Eu realmente gostaria de ajudar, mas ela deixou bem claro que meu lugar não é mais ao lado dela.

– Você é a melhor amiga dela. Sempre foi. Eu sempre morri de ciúmes por isso.

— Por isso e porque era apaixonada pelo meu ex-namorado.

– Sempre fui. Mas isso não tem nada a ver com essa história. A Manuela está magoada, sim. Mas não tem ninguém que ela escute mais do que você!

Helena pediu o salmão em *vienoise de wasabi* – seu preferido – e Pietra ficou com o atum com tempurá de gergelim e sorvete de pepino. Por mais improvável que isso parecesse, tendo em vista os últimos acontecimentos envolvendo as duas, comeram civilizadamente e despediram-se com educação – embora com uma boa dose de frieza –, como manda a cartilha da aristocracia. Depois que Pietra pegou um táxi na Rio Branco, Helena caminhou até o Ministério Público, sem tirar da cabeça por um segundo a suspeita levantada de que Manuela pudesse estar envolvida com drogas.

Bernardo estava procurando um de seus vinhos preferidos no Zona Sul da General Osório para fazer um almoço surpresa para Alice, mas não encontrou. Resolveu optar por um bom substituto quando viu chegar à mesma seção sua "quase amiga" carioca, a ruiva que o tinha ajudado a encontrar a coletânea de Bandeira.

– Oi! – Ela disse quando o viu, sendo mais rápida do que ele, que ainda pensava em como cumprimentá-la sem parecer invasivo.

– Mais uma coincidência! – sorriu. – Como vai? Procurando vinhos também?

– Você também?

— Sim, quero um bom vinho que acompanhe peixe para o prato que pretendo fazer ainda hoje para a minha esposa.

– Parece uma surpresa ótima!

– E você?

– Bom, eu queria levar um vinho para um jantar que tenho hoje. Com os avós do meu namorado.

— Nossa, isso parece bem importante!

– E é! – ela sorriu, colocando os cabelos pra trás da orelha. – Mas o problema é que não entendo nada de vinhos! Nada mesmo!

– Dessa vez eu posso te ajudar! Sou bom nisso, acredite. Você sabe qual vai ser o prato?

– Eu sei que são frutos do mar, porque ele perguntou se eu era alérgica, e assim acabou me dando uma dica.

– Bom, eu espero que você não seja alérgica! Senão o vinho não vai fazer muita diferença!

– Não, não sou – dessa vez foi mais uma risada tímida do que um sorriso.

– Então vamos escolher um bom Chardonnay e você vai se sair muito bem!

– Nossa eu nem sei como agradecer e... ai, não!

— O que foi?

– Olha a chuva que está caindo! Não acredito!

– Um pé d'água mesmo! Típico do verão aqui do Rio, não tem jeito.

– Pois é! Mas muitos anos fora do Rio me deixaram sem prática nisso! Como é que eu vou sair daqui assim? – apontou para baixo mostrando que usava um vestido branco de tecido fluido e um par de sandálias rasteiras. – Tudo bem que eu vou ter que pegar um táxi até o Leblon, mas até chegar lá eu vou ser presa por atentado ao pudor!

– Não se preocupe! Os pés eu não posso garantir que não saiam encharcados, mas eu vim preparado – mostrou um guarda-chuva compacto que trazia no bolso da calça cargo. – Raramente saio sem ele. Vamos escolher seu vinho e, depois eu te dou uma carona até o táxi, combinado?

Henrique chegou ao lobby da Nesys por volta das duas e meia da tarde e se apresentou à recepcionista como ex-aluno e amigo de Douglas Zaffer.

– Pois não, o senhor quer que o anuncie ao Doutor Zaffer?

– Não, não. Eu sou contato dele, mas na verdade vim procurar o Doutor George Malheiros. Ele está na empresa hoje?

– O Doutor Malheiros está em uma Board Meeting. O senhor aguarda?

— Sim, sem problemas.

Henrique se sentou em uma das confortáveis poltronas da recepção e leu pelo celular alguns e-mails de trabalho, antes de pegar uma das revistas da pomposa mesa de centro para aguardar quem queria ver. Tinha desmarcado uma dezena de compromissos para estar ali, mas tinha a impressão de que não ia se arrepender.

Pietra chegou em casa e encontrou George com a avó e Manuela na sala de estar.

– Meu amor, onde você estava? – ele perguntou em tom preocupado.

Não podia falar nada sobre o encontro com Helena na frente da irmã, então improvisou alguma outra verdade, ou algo que se parecesse com ela.

– Eu fui almoçar com uma amiga no Centro. Não sabia que você estaria aqui.

– Eu tinha agendado de trazer o contrato da venda do apartamento, não lembra?

– Pietra nunca lembra dessas coisas, George! – Luiza brincou com a neta. – Nós todas já assinamos, Pietra. Inclusive seus pais, que já saíram.

– Isso mesmo, só falta você, minha princesa. – George deu um beijo delicado em Pietra antes de entregar o contrato, já na página onde deveria assinar.

— Eu posso assinar isso daqui a pouco?

– Mas por que essa demora, meu amor? Basta só assinar aqui e, pronto, eu levo isso hoje mesmo ao cartório.

– Não vai demorar muito. Eu só queria curtir meu namorado um pouco antes, pode ser?

– Confesso que estou surpreso! – George se sentiu intrigado pela súbita reação da namorada e sem graça ao mesmo tempo por estar diante de Luiza e Manuela.

– Me dá esse contrato aqui. Eu vou assinar porque sou uma boa menina. Me espera aqui uns dez minutinhos que eu vou tomar um banho. E depois me encontra no quarto que eu preciso... conversar com você. – Pietra piscou o olho com um sorriso que deixava claro suas reais intenções. – Mas de porta aberta, vovó! Pra senhora ver que não tem nada demais.

– Eu? – Luiza se fez de indignada com o jeito típico com que levava a lateral da mão ao peito, de forma quase teatral. – Imagina, eu nunca pensei nada diferente disso! – se defendeu, embora estivesse vermelha.

George se ajeitou na poltrona e discretamente olhou as horas para calcular os tais dez minutos, enquanto Pietra correu para sua suíte com certa empolgação.

– Mas vocês têm mesmo que voltar para Paris? – Helô segurou as mãos de Alice por cima da mesa, fazendo o mesmo biquinho dramático que tinha desde os dezesseis anos.

– Nem fala, Helô! – Alice apertou ainda mais as mãos da amiga em resposta. – Eu amo Paris... quem não ama Paris, afinal? – riu com sinceridade. – Mas voltar aqui só me deu ainda mais vontade de ficar. Minhas filhas, essa cidade, você! Sinto tanta saudade, minha amiga! Saudade de nós, aliás. Por mais que a Lilian não esteja mais aqui, quando estou no Rio, quando estamos juntas, de alguma forma parece que aquela época está por aqui de novo, de alguma maneira.

– Nunca tive amigas como vocês, Liz! – era como Heloísa chamava Alice desde os tempos de colégio. – Toda vez que algo acontece, a vontade que tenho é de compartilhar correndo com você. Ainda mais agora, que somos só nós duas.

Alice e Heloísa almoçavam sem se preocupar com a hora no Felice da Gomes Carneiro. Dividindo uma mesa no primeiro andar e um sorvete de macadâmia de sobremesa, as duas conversavam sobre tantas coisas quanto pudessem se lembrar. Heloísa estava de frente para o salão, e por isso sinalizou para que o garçom trouxesse mais duas águas com gás. Alice estava de frente para a janela, distraída com os vasos de flores na entrada do supermercado Zona Sul, quando viu uma cena na qual demorou para acreditar. O que parecia ser um casal sorrindo largamente e dividindo um guarda-chuva na saída em direção ao ponto de táxi da General Osório, na verdade, não era qualquer casal. O homem que tinha os braços em volta dos ombros da garota, protegendo-a da chuva, era Bernardo, seu marido! E a garota, que segurava uma garrafa de vinho com o corpo lateralmente colado ao dele, rindo com uma felicidade invejável, era a mesma ruiva das outras vezes. Alice sentiu o corpo inteiro estremecer e não conseguiu pensar em mais nada até que o casal sumisse de seu campo de visão. Sentiu sua pressão cair vertiginosamente e soube que não era só uma sensação quando Heloísa a olhou apavorada e perguntou se estava bem.

– Sim... não, na verdade não. Eu acho que preciso ir, Helô.

– Amiga, você está pálida! O que houve, Liz?

– Não é nada. Acho que o calor, talvez. Vamos pedir a conta?

Heloísa se apressou em cancelar as águas e pedir que o garçom trouxesse a conta em vez delas. Soube que havia algo de errado, mas conhecia Alice o suficiente para saber que quando ela não queria falar, nada a faria mudar de ideia até que estivesse pronta para isso.

Faltavam menos de dez minutos para as seis da tarde quando Helena finalmente chegou ao CCBB, com um considerável atraso.

– Desculpa, amor! Fiquei presa com uma pilha de processos... Ainda dá tempo, né? – Beijou Pedro, olhando em seguida para o relógio Cartier no pulso.

– Sim, ainda faltam alguns minutinhos. Estava preocupado com você. Te liguei no almoço e você não atendeu.

– Você não vai acreditar em quem almoçou comigo hoje!

— Quem?

— Calma! Vou te contar depois do filme.

Os dois tinham marcado de assistir a uma sessão da mostra de *Road Movies*. Helena não perdia nenhuma mostra de cinema do CCBB, e agora Pedro fazia parte do ritual que antes era solitário.

— Por mais que eu seja muito curioso – beijou a namorada mais uma vez, voltando a falar em seguida. – Depois do filme vamos estar ocupados demais.

– No caminho pra casa, bobo! Não depoooois disso!

– Não use tantas letras "o" nesse depois! Não consigo mais esperar uma vogal, você não tem ideia!

– Quem não vai esperar é aquele segurança na porta da sala de cinema e você sabe que ninguém entra depois que começa o filme. Mas, a propósito: também não aguento mais esperar! – Helena beijou Pedro mais uma vez e abriu um sorriso enorme antes de puxar o namorado para dentro da sala de projeção.

– Então você é o famoso Henrique Piva de Albuquerque? – George Malheiros confirmou com satisfação enquanto se ajeitava na cadeira da Confeitaria Colombo. – Tenho ouvido muito a seu respeito, rapaz! Não apenas pelo Zaffer, que se gaba o tempo todo por ter sido seu professor, mas por todos os meios possíveis. Que sucesso o da sua empreitada, hein?

– Felizmente, não tenho do que reclamar, Dr. Malheiros! Mas o prazer é todo meu em conhecer o senhor. Preciso agradecer por ter aceitado meu convite para um café.

– Vir à Colombo nunca é um sacrifício para mim. Mas me diga, fiquei curioso: qual o motivo da nossa conversa?

– Gostaria muito de contratar sua consultoria para a Improve. O senhor sabe, casa de ferreiro, espeto de pau! Mesmo sendo da área, não me sinto à vontade para avaliar nossos números e as melhores opções de crescimento.

– Muito inteligente de sua parte, rapaz! A maioria dos empresários com rápido crescimento peca pelo excesso de confiança!

Henrique se sentiu culpado um momento por saber que aquele não era o real motivo da conversa, embora não fosse uma má ideia aproveitar sua investigação particular para dar um novo suporte aos negócios. Mas, antes que perdesse seu objetivo de vista, resolveu arrumar uma forma de encaixá-lo no contexto.

– Vamos conversar sobre isso então? Peço que o senhor me envie uma proposta de consultoria completa. Será uma grande honra e trará uma grande tranquilidade ter o senhor conosco. Aqui está meu cartão, com e-mail e telefone para contato. Vou ficar aguardando – respirou fundo e tomou coragem para engatar o que precisava dizer. – Inclusive, Dr. Malheiros, veja que coincidência, uma grande amiga minha, Pietra Garcia Leal, está namorando um homônimo do senhor. Que é da área financeira também!

– Meu xará? É mesmo? George Malheiros, escrito da mesma maneira, com G?

— Exatamente da mesma maneira.

– Curioso mesmo! E você disse Garcia Leal? Ela é filha do Dr. Evandro?

— Neta! A mais nova. O senhor conheceu Dr. Evandro?

– Apenas de nome, como todo mundo. Mas curiosamente, poucos meses antes do seu falecimento, do qual soube pelo noticiário, ele me enviou uma carta, como todo bom fóssil da nossa época – riu do próprio comentário sobre a idade de ambos –, pedindo consultoria sobre suas finanças. Infelizmente, não pude assumir o caso porque estava saindo de férias com minha esposa. Meu neto, que, inclusive, é o único xará meu que conheço, ficou incumbido de levar pessoalmente minha resposta por escrito a ele.

– Seu neto? Então pode ser ele o namorado da Pietra.

– Não, não pode. Meu neto não é da área financeira, como esse rapaz que você mencionou. Ele estuda artes cênicas. E queria muito que estivesse namorando uma menina de família tradicional como a nossa – George agradeceu ao garçom pelo café e se concentrou no açúcar enquanto complementou –, mas as companhias dele sempre foram uma enorme preocupação para nós. Minha filha se casou novamente e foi morar no exterior, assumimos a criação do George Neto e, para mim, alguns aspectos da vida dele são uma imensa frustração. Mas você está jovem demais para falar de problemas com filhos, que dirá netos! Me fale mais sobre as atividades da Improve.

– Claro, mas, o senhor me perdoe; quando o Dr. Evandro enviou a carta, ele chegou a mencionar dados sobre sua situação financeira?

– Sim... – George Malheiros parecia um pouco desconfortável agora – relatórios introdutórios, na verdade, mas, me desculpe, Henrique, você sabe, isso é confidencial.

– Não tenho dúvidas disso ou do quanto o senhor respeita o sigilo de seus clientes, o que eu, que estou prestes a contratá-lo, aprecio muito. Pergunto isso porque chegamos ao assunto por acaso, mas sou grande amigo da família e desde o falecimento do Dr. Evandro, eles se descobriram em uma gravíssima crise financeira...

– Crise financeira? Deve haver algum erro aqui. Os números enviados pelo Evandro eram muito distantes de qualquer crise. Ele talvez não soubesse analisar, mas, na verdade, todas as ações que tinha estavam em alta e os investimentos que havia feito tiveram um êxito considerável! Se eles estiverem com alguma dúvida, peça a eles que me procurem. Realmente deve se tratar de algum equívoco. Evandro gozava de excelente saúde financeira há menos de seis meses!

Henrique não conseguia se conter, mas conseguiu seguir com a conversa pelo rumo que fingiu ser o natural até que pudesse correr dali atrás do restante das informações que gritavam para ser descobertas.

Certamente havia um grande equívoco ali. Mas talvez não fossem números trocados, e sim, pessoas.

XI – ACROBATA

And you can dream, so dream out loud
You know that the tide is turning round
So don't let the bastards grind you down
U2 – Acrobat

Manuela esperava, comportada, ao lado da moto de Alex, como ele havia mandado. Um funk que não conhecia tocava alto em algum lugar que ela não conseguia definir. O ritmo era o mesmo, mas a letra tinha um vocabulário ainda mais pesado e sugeria violência contra a polícia. Agora ela entendia que não conhecesse. Devia ser um daqueles "proibidões", os funks que não vão parar nos programas de auditório da Globo e nem nas rádios convencionais pelo teor das letras. Acendeu um baseado para se acalmar. Já tinha experimentado maconha sim. Uma única vez, em uma festa de um colega da faculdade. Não era a sua. Mas, naquele momento, qualquer coisa que a deixasse menos nervosa se identificava com ela. Tossiu quando puxou a primeira tragada e quase deixou o cigarro cair – o que certamente renderia uma bronca de Alex quando voltasse. Mas ela que tinha vontade de dar uma bronca nele pela demora. Seria careta demais confessar que estava morrendo de medo? As vielas no fim do dia e com pouquíssima iluminação pareciam corredores sem fim. Aquele lugar parecia um labirinto. De repente, um grito fez com que tremesse violentamente, mas eram só dois garotos brincando. Passaram por ela subindo em direção à casa onde Alex estava, onde tinha passado para buscar o abastecimento da festa dessa noite. Um deles ignorou a presença de Manuela. O outro passou devagar, encarando. Ele não devia ter mais do que dezesseis anos, mas a assustava mesmo assim. Quando ele apontou o dedo para ela, pensou seriamente em correr, mas se sentiu ridícula e permaneceu onde estava.

– Playboy que se mete onde não deve sai pelo valão. Fica ligada, minazinha!

Mais ligada, impossível. Manuela nunca tinha sentido tamanha adrenalina. Quando o portão da casa se abriu, um cara com um fuzil cumprimentou Alex, despedindo-se dele, pouco antes dos meninos entrarem.

– Graças a Deus, Alex! Nossa, não me deixa mais sozinha nesses lugares, por favor.

– Sem drama, Manu. Tá comigo, tá segura. Ninguém mexe. Estamos entendidos. Agora vamos porque ainda precisamos levar a alegria da festa.

Manuela subiu na moto, colocou o capacete e abraçou as costas de Alex com mais força do que de costume. Precisava se sentir segura. Pelo menos um pouco.

Alice tinha saído do almoço com Heloísa dizendo que precisava ir para casa, mas depois da cena que teve que assimilar, tomou um táxi em direção ao Fashion Mall. Fez compras, mas, no fundo, não conseguia se lembrar o que tinha dentro das sacolas. Tomou um sorvete, fingiu não ver uns quatro ou cinco conhecidos e andou sem rumo por algumas horas até finalmente ter vontade ou coragem para pegar outro táxi, dessa vez para casa. Chegando lá, encontrou Bernardo conversando animadamente com a mãe na sala. Luiza se retirou em seguida, dizendo que precisava ver o capítulo da novela, e os dois ficaram sozinhos.

– Tudo bem, Alice? Você parece abatida! O que houve, por que demorou tanto? Achei que você só fosse almoçar com a Helô. Foram no Gula Gula?

– Não, acabamos indo ao Felice. Cheguei a comentar com a Pietra sobre a mudança de planos, nada demais. E você? Aonde foi mais cedo?

– Ah, nada demais também. Fui ao Zona Sul comprar um vinho, depois voltei.

– Um vinho? E onde está ele?

– Eu acabei não comprando. Queria um Merlot, que eu sei que você adora, mas não tinha dos que gostamos. Então voltei de mãos vazias. Mas amanhã tento a sorte em outro mercado. Você quer sair pra jantar ou prefere que eu prepare alguma coisa?

— Acho que estou sem fome. E com uma dor de cabeça chata... vou tomar um banho e depois me deitar.

– Tem certeza de que está tudo bem? Não quer conversar?

Alice olhou para Bernardo e teve vontade de chorar. Ainda eram os mesmos olhos nos quais acreditava desde os dezessete anos. Ainda era o mesmo tom que lhe trazia segurança. Ainda era a mesma voz que disse inúmeras vezes que a amaria para sempre. Então por que agora conseguiam mentir sem que isso transparecesse?

– Não temos nada para conversar. Só quero descansar um pouco.

Prendeu o choro ao passar pelo marido e trancou a porta do banheiro atrás de si. Enquanto a banheira enchia, deixou-se escorregar pela parede até sentar no chão e chorar como uma criança de quatro anos que se perdeu dos pais. Tinha se perdido de Bernardo. Tinha se perdido de suas certezas e convicções. Tinha se perdido de si mesma.

Felipe se despedia dos alunos ao término da primeira aula de judô aliada à Improve de Henrique. As crianças e adolescentes de comunidades carentes já tinham lotado as três turmas abertas e, analisando-se pelo sucesso da estreia, parecia que o projeto daria certo. Viu um rosto familiar vindo em sua direção. Reconheceu quando já estava mais próximo, era Laura.

— Eu acho que te devo um pedido de desculpas – ela disse sem jeito.

– Você não me deve nada, Laura.

– Sim, fui muito injusta quando falei daquele jeito com você na festa. Achei que você tivesse contado para o Henrique.

– Eu não tenho nada a ver com a vida de vocês e, sinceramente, não sei nem o que está acontecendo – falou secamente.

– Eu e o Pablo nos envolvemos há dois anos, mas isso acabou gerando problemas sérios na minha vida...

— Escuta, Laura, não acho que a gente precise conversar sobre isso. Ainda mais na frente das crianças, né?

– Você tem razão. Desculpa. Mas é que eu queria tanto que você entendesse... que você visse que eu não sou o que pareço. Às vezes acho que só preciso desabafar, porque tem tanta coisa guardada aqui dentro que eu...

– Por que nós não damos um pulo no japonês aqui perto assim que a aula terminar? – ele sentiu sinceridade na necessidade dela de ter alguém com quem conversar. Talvez suas ações fossem movidas por estar perdida, e ele talvez pudesse ajudar.

Ela consentiu com um sorriso.

Helena estava arrumando uma pequena bolsa de viagem Kate Spade com uma muda de roupas para o dia seguinte – uma camisola escolhida a dedo e alguns itens pessoais – quando Henrique chegou. Pedro estava na sala, já com a mochila no colo, esperando a namorada para finalmente concretizarem o plano de dormir juntos pela primeira vez... bom, se é que dormiriam de fato!

— Pedro, que bom que eu te encontrei aqui, cara! – Henrique chegou quase derrubando a porta.

– O que foi, meu filho? – Amélia veio do corredor, preocupada. – Está tudo bem?

– Nada, nada bem, tia! Lívia, você me arrumaria um copo d'água?

– Mas o que foi afinal, Henrique? Nunca te vi desse jeito! – Pedro perguntou curioso, enquanto Helena chegava à sala com a mesma vontade de entender o que estava acontecendo.

– Os Garcia Leal! Tem algo de muito, muito estranho com aquele George. Já imaginava isso e agora tenho certeza! Eu estava com o verdadeiro George Malheiros e, além de não se parecer em nada com o namorado da Pietra, ele me garantiu que as contas do Dr. Evandro estavam em perfeito estado. Cara, a gente precisa descobrir o que está acontecendo.

– O quê?! – Helena largou a bolsa no chão em choque.

– Mas... como?! Se aquele George não é o verdadeiro, quem ele é afinal? – Amélia começava a se exasperar.

– Eu não sei. Mas nós vamos descobrir. Pedro, você teve acesso às contas, não teve? Eu quero dar uma olhada com você nesses papéis. A gente tem que entender o que está acontecendo, cara! Helena, você me empresta o Pedrão hoje? A gente vai ter que virar a noite mergulhado nessas contas.

— Hoje?! – Pedro perguntou incrédulo. — Não pode ser amanhã, qualquer outro dia?!

– Amor, eu acho que vocês precisam ver isso sim – Helena colocou as mãos sobre o ombro direito do namorado. Tinha um olhar triste de quem aceitou algo que não queria. – Isso é muito importante. É a vida da família da Manu.

– Eu sei, mas... – Pedro olhou para ela como se ainda tentasse uma negociação, por mais que entendesse a importância daquilo.

– A gente tem todo o tempo do mundo! – Helena o beijou. – Henrique, ele é todo seu. Mas descubram isso e logo! Quem quer que seja esse cara, quero que ele pague pelo que está fazendo com a família da minha melhor amiga! Bom... com a família da Manu.

Henrique deu um abraço na irmã e tomou a água trazida por Lívia.

– Você vai sair? – Pedro perguntou à Helena, que deixou a bolsa de viagem no quarto e voltou com uma bem menor.

– Vou dar uma volta, mas não devo demorar. Comportem-se! – Piscou para os dois, deu um beijo na testa de Amélia e saiu sem dar mais detalhes.

Pietra tinha se despedido de George depois de uma tarde de mais beijos do que todos os que tinham trocado até então. Aparentemente indiferente a isso, pegou uma caixa inteira de cereais na cozinha e começou a comê-los com a mão, diante da TV. Quase deixou cair tudo quando ouviu a notícia de que Ângelo Lunardelli estava detido para depoimento depois de uma acusação de sonegação de impostos. Segundo o noticiário, alguém enviou para a polícia supostas provas do crime, de forma anônima. A autenticidade das evidências estava sendo averiguada enquanto o acusado dava sua versão do caso na delegacia.

Ligou para Guilherme no mesmo momento, mas ele não atendeu. Ela precisava falar com ele! Precisava estar com ele. Mas não podia. Não depois de tudo e antes de... Largou a caixa de cereais e tentou o telefone novamente.

Bernardo tinha ido se deitar com Alice, apesar de ser muito mais cedo do que de costume. Se a mulher não estava se sentindo bem, companhia era o mínimo que ele poderia fazer. O telefone particular do casal tocou e ele correu para atender, para que o barulho não a incomodasse. Menos de um minuto depois, voltou para a cama.

— Quem era? – Alice perguntou.

Parecia que ele tinha falhado, apesar de ter feito de tudo para que ela não acordasse.

– Meu amor, você tá melhor? Era engano. Isso tem acontecido tanto com esse número, né? Mas pode voltar a dormir tranquila.

Dormir tranquila era algo impossível para Alice desde o início da tarde, mas se tornava mais difícil ainda agora, depois do suposto engano.

Helena não saiu de casa sem destino. Talvez ela só o estivesse ignorando. Dirigiu ouvindo Wallflowers até se dar conta de que já havia subido a serra. Naquele momento, sabia muito bem aonde estava indo, mas só continuou dirigindo naquela direção.

Quando parou diante de uma casa estilo normando, conferiu o número com o do endereço que tinha no papel. Estava certo. Era ali mesmo. Ela é que não tinha convicção quanto a estar certa por estar ali também. Desligou o som e respirou fundo. Buzinou com uma certa hesitação e, em seguida, encostou a cabeça no banco do carro. Logo viu que as luzes da entrada da casa se acenderam. Jacqueline abriu o portão e sua surpresa foi nítida ao ver o carro da filha. Helena girou a chave, desligando o carro, e pegou a bolsa para sair.

– Eu não esperava te ver por aqui... mas estou muito feliz por isso.

– Eu... posso entrar? – Helena não quis perguntar nada diretamente. Até porque, a mãe parecia muito abatida. Talvez por estar bem mais magra. Mas, além disso, havia uma fragilidade visível nela.

– Pode, claro! Vem, vamos entrar e conversar lá dentro! – Jackie tinha a voz embargada como a de alguém que prende o choro. Por impulso, quase colocou o braço em volta da filha, mas logo o levantou de volta, antes mesmo que se encostassem. Helena teria tantos motivos para rejeitar a mãe, que ela não queria criar ainda mais resistência na filha. Não quando tinha voltado por vontade própria. Não quando estava tão perto. Apenas acompanhou-a até a entrada e torceu para que a conversa a trouxesse de volta muitas vezes.

Guilherme chegou em casa correndo. Soubera da notícia por ligações de amigos enquanto estava comendo um *Parafina* no Bibi. Na entrada do prédio, precisou driblar alguns jornalistas, fotógrafos e repórteres até finalmente cruzar a portaria e entrar. O elevador pareceu levar uma eternidade, mas em menos de dois minutos estava abrindo a porta do apartamento.

– Mãe! Você está aqui? O que foi isso tudo com meu pai?

– Você assinou, não foi? O que foi que passou pela sua cabeça para você assinar aquilo, Guilherme? Se seu pai quisesse fugir, não poderia!

— Meu pai queria... fugir?

– Não, eu nem tive tempo de falar com ele. Mas, se quisesse, não poderia, porque você assinou a prova de que ele estava sendo procurado pela polícia!

– Mas, mãe... Não achei que ele tivesse nada para esconder. Talvez seja só uma questão de esclarecer e...

– Dona Helô, aquele jornal que a senhora autorizou a entrevista está no telefone de novo. A senhora atende?

– Ai, meu Deus, vamos lá. Atendo sim, Gilda! Me passa o telefone, por favor – Heloísa puxou o fôlego e atendeu a ligação. – Sim, sou eu, Heloísa. Minha declaração é a de que eu não estava ciente de nada e não estou envolvida com qualquer infração. O que quer que meu marido tenha feito é entre ele e a justiça. Nossa família não deve ser penalizada por erros que não cometeu. Obrigada.

– Mãe, você falando dessa forma... fica parecendo que acha que ele é culpado.

– Mas o que você acha, Guilherme? Essas coisas não aparecem à toa. Seu pai sempre foi tão fechado nos negócios, não dividiria isso com ninguém, mas eu não sou tão inocente a ponto de acreditar nele acima de qualquer coisa.

– Mas foi uma denúncia anônima! Pode ser alguém tentando prejudicar meu pai!

– Guilherme, sua ingenuidade me surpreende! Você não tem que se meter nisso, meu filho. Nós não estamos sendo julgados.

– Nem ele, mãe! Só interrogado pela polícia! Julgado ele está sendo por você! Quer saber? Eu tô saindo.

– Aonde você vai com uma situação dessas acontecendo, Guilherme?!

– Aonde mais eu iria?! Ao lugar onde eu deveria estar, assim como você.

A poucos metros dali, George ligava para alguém de dentro do carro, estacionando na garagem de seu prédio.

– Oi, tudo bem? Eu já levei o contrato ao cartório. Tá tudo certo. Acho que até semana que vem você já pode se mudar pra lá. Depois acertamos o resto. Agora vou desligar, estou chegando em casa.

Com quem afinal George estava falando sobre a venda do apartamento de Evandro? Quem afinal seria George? Parece que as revelações envolvendo as contas dos Garcia Leal e o jovem que cuida delas estão apenas começando.

Helena tremia ao segurar a xícara de chá branco feita pela mãe. Toda a tranquilidade trazida pelo aconchegante ambiente daquela casa em Itaipava tinha se tornado inútil depois do que acabara de ouvir.

– Então foi por isso que vocês se separaram e por isso que você veio pra cá... Mas... e o tratamento? É aqui que você está fazendo?

— Tratamento? De que tratamento você está falando? Perder meu seio? Perder meu cabelo? Perder a fome e o sono por causa daqueles enjoos horríveis e dores de cabeça insuportáveis? O médico me disse tudo sobre a mastectomia e a quimioterapia, Helena. Pra mim isso é um fim pior. Eu não quero fazer nada disso.

– Fim? Você recebeu o diagnóstico de câncer de mama, mãe, não uma sentença de morte! Você acha mesmo que seu cabelo ou seu seio valem mais do que sua vida?

– Que vida, Helena? Eu estraguei tudo que tinha! Alguma vez eu te disse o quanto amei seu pai? Amei com todas as minhas forças. Eu não estava preocupada com o dinheiro quando me casei com ele, largando família, carreira, minha cidade! Não foi nada disso, a despeito do que todo mundo pensa. Mas éramos tão jovens, nos conhecíamos tão pouco... isso foi enfraquecendo o que sentíamos. Quando engravidei de você, sentia seu pai indiferente, distante... e isso mexeu muito com a minha autoestima, com a minha confiança. Helena, eu era uma mulher linda! Mas ali, diante dele, me sentia sem graça, invisível. Então fiz a minha primeira grande burrada. Tive um caso com o melhor amigo dele. Eu me envolvi com o Ângelo. Sabia o quanto ele se sentia atraído por mim, embora não fosse admitir nunca. Não por causa da Heloísa, com quem já estava namorando. Mas por causa do Bruno. E, quando ele descobriu, eu disse tanta coisa... joguei a culpa pra cima dele e até insinuei que o bebê que eu estava esperando, você, não fosse dele. Perdi seu pai. Pra sempre. E tirei de você e do Henrique o direito de ter um pai. E ainda tentei culpar você por isso, não é?

– Mãe, eu não quero...

— Deixa eu falar. Eu preciso falar. Nunca quis tirar você. No meio de todo esse inferno que estava acontecendo, o que me consolava era o abraço do seu irmão, sempre tão protetor... e você. Você ainda nem tinha nascido, mas era a minha filha. Uma menina, que seria minha amiga, minha confidente, minha companheira. Eu conversava com você na barriga como se você já pudesse me entender. E nunca me sentia sozinha porque você estava lá. Quando você nasceu... meu Deus, Helena, como eu fiquei feliz! Você era ainda mais linda do que eu podia imaginar. E tão esperta, tão inteligente, tão cheia de personalidade. Então você foi crescendo, assim como seu irmão. E a Amélia era a grande referência de vocês. Ela sabia cuidar de vocês muito melhor do que eu. Sabia o que dizer, o que dar, o que fazer. Eu só me irritava e descontava em vocês o tempo todo. E via os olhos apavorados dos dois. Só nesse momento eu entendia o que tinha feito, mas sempre era tarde demais. Então conheci seu padrasto, o primeiro, e achei que estar longe de vocês era o melhor presente que eu poderia dar. Morri de saudades todos os dias, escrevia cartas, um milhão de cartas bobas. Enviava presentes, gravava fitas. Mas o que eu queria mesmo era estar com vocês. Até que voltei e vi que vocês não eram mais os meus bebês. Não era justo querer ser a mãe de vocês naquele ponto. Então continuei sempre distante. Mas mesmo assim não foi suficiente, não é mesmo? Eu consegui te magoar daquele jeito. Mas eu nunca quis que você não existisse, Helena. Você não tem culpa de nada do que deu errado na minha vida. Você e seu irmão são meus únicos acertos. Você entende agora?

Helena sentiu as lágrimas correndo por vontade própria, mas não tentou deter nenhuma delas. Só assentiu com a cabeça, como se tivesse compreendido. Nada do que a mãe disse deixaria de doer um dia. Mas saber que não era o que ela pensava de verdade e o que ela sentia já fazia toda a diferença. Mas isso não era o motivo de ela estar ali.

– Você pode continuar morando aqui. Mas eu vou amanhã mesmo marcar um médico. O melhor da área. E venho te buscar pra ir comigo.

— Mas, eu...

– Nem pense em dizer não, Dona Jacqueline. Você não me perdeu e eu não vou te perder, escutou? Nós vamos enfrentar isso juntas e vamos vencer esse câncer. Olha pra mim! Nós vamos vencer isso!

Jacqueline desabou em lágrimas e as duas se abraçaram com força. Agora qualquer ameaça parecia menor. Qualquer batalha parecia menos assustadora. Estavam juntas e, se nem tudo o que viveram foi capaz de separá-las, decidiram ali, implicitamente, que a pior das doenças também não seria.

Naquela mesma noite, uma certa delegacia no Leblon testemunhava mais um encontro improvável.

Enquanto Ângelo aguardava em uma sala pelo retorno do delegado, um policial levou Guilherme até onde ele estava.

– Você? – Ângelo não estava certo sobre que reação ter à presença do filho.

– É, eu entendo se não for uma das cinquenta melhores pessoas que você poderia querer ver agora, mas, olha, eu trouxe sanduíches. Acredito que esteja com fome e, como ainda deve demorar, trouxe mais algumas coisas para nós até a hora de ir embora pra casa.

– O que afinal você está fazendo aqui, Guilherme?

– O mesmo que você. Esperando isso tudo ser desmentido e ficar provado que você é inocente para poder voltar pra casa e terminar esse dia de uma vez. Enquanto isso não acontece, vai ser atum com azeitonas ou frango com milho?

Ângelo estava sem ação. Os olhos ficaram marejados, as palavras faltaram. Nunca tinha acreditado no filho. E justamente no momento em que ninguém parecia acreditar nele próprio, era com a confiança de Guilherme que contava.

– Atum... é, atum com azeitonas – disse, esfregando o nariz em seguida para fingir que o tom embargado da voz tinha a ver com um possível nariz entupido.

Guilherme entendeu o suficiente para não dizer mais nada. Entregou o sanduíche ao pai, ofereceu um outro de ricota com qualquer outra coisa ao policial que estava na sala e começou a comer o seu enquanto contava ao pai, com tom de humor, como Gilda tinha ficado perdida com os fotógrafos e repórteres ligando e interfonando. Ângelo se pegou rindo em meio à pior situação que já tinha passado. E se pegou olhando para o filho. Ele não era o desperdício que o tinha acusado de ser. Tinha os olhos da mãe, o sorriso dele. Um temperamento difícil. Tinha passado por dúvidas e inseguranças, provavelmente sozinho, já que nunca tinha estado ao seu lado. E nisso o filho já tinha provado ser muito melhor do que o pai, pois estava exatamente ali, ao lado dele. Guilherme não era desperdício nenhum. Mas, talvez, todos os momentos em que Ângelo não tenha estado ao seu lado tenham sido desperdiçados. Enorme e vergonhosamente desperdiçados...

Bernardo já tinha pegado no sono quando o telefone tocou novamente. Alice ainda estava acordada e correu para atender antes que o marido o fizesse. Apenas pegou o telefone e ficou muda enquanto esperava que, do outro lado da linha, alguém dissesse alguma coisa. Só não esperava que dissesse aquilo...

– Amor? Amor, você tá me ouvindo? – Uma voz feminina dizia, preguiçosamente. – Se não estiver podendo falar, só me escuta. Estou morrendo de saudades de você! Não paro de pensar na nossa tarde de hoje. Me liga amanhã, assim que puder. Agora volta pra sua cama, diz que foi engano e sonha comigo, Bernardo, meu amor!

Não era engano. Ou talvez fosse... Um longo e doloroso engano.

XII – TERÇA DE CARNAVAL

Y se va pasando el tiempo
y que la vida se te va
solo te pido que vuelvas de verdad
y que el silencio
se convierta en carnival
Los Fabulosos Cadillacs – Carnaval Toda la Vida

Embora fosse plena terça de carnaval, ainda não eram nove da manhã quando Pedro ligou o carro para, na companhia de Helena, levar Jacqueline de volta a Itaipava. Na semana anterior, ela tinha feito as primeiras sessões de quimioterapia, e tanto Helena e Henrique quanto Amélia acharam mais prudente que Jackie não ficasse sozinha em outra cidade e passasse alguns dias no apartamento deles no Leblon (que, de tantos hóspedes fixos ou temporários, já não era mais tão grande quanto costumava ser).

Agora, em uma parada na estrada que, segundo Amélia, tinha os *brownies* mais incríveis que ela já havia comido, Helena tinha saltado para comprar um carregamento dos bolinhos e deixado Pedro e Jacqueline em um desconfortável silêncio dentro do carro.

– Ainda bem que estamos no ar condicionado, né?

– Oi? – Pedro perguntou em um tom mais alto, já diminuindo o volume do Dire Straits que rolava no som do carro.

— Disse que estou feliz por estarmos no ar condicionado. Um calorão desses! Até aqui na serra, que costuma ser mais fresco.

– É – Pedro fingia mais interesse do que o real, esticando o rosto próximo ao vidro para ver o céu. – Tenho certeza de que vai cair um temporal mais tarde. É bom que já estejamos fora da estrada quando ele chegar.

– Imagina, não tem uma nuvem no céu! Esse tempo deve continuar assim até pelo menos quinta-feira.

Pedro não retrucou, apenas torceu a boca como sempre fazia quando tinha convicção de que estava certo, mas não tinha paciência para continuar uma discussão.

– Você e a Helena... são tão diferentes. E deu certo?

Bingo! Pedro estava sentindo o gelo entre eles ficar cada vez mais insuportável, e uma hora um dos dois ia acabar trocando mais do que iniciadores de conversa. Desde o fatídico casamento de Jacqueline, eles não se falavam. A mesma noite em que Pedro terminou com Manuela, brigou com Helena, viu Jackie arrasar com a filha e invadiu um quarto particular para se meter na briga, dando uma lição de moral nela. Uma hora a conta disso tinha que chegar.

– Olha, Jacqueline – Pedro se virou até conseguir olhar para ela no banco de trás –, eu sei que nosso primeiro e último contato não foi dos melhores, mas quero que você entenda que minha intenção não foi faltar com respeito. Eu imagino que você não aprove meu namoro com a Helena, quero dizer que ele vai continuar apesar disso, mas gostaria de verdade que você soubesse que amo sua filha. E que, apesar das nossas diferenças, nos compreendemos melhor do que ninguém.

Pedro sentiu como se tivesse revelado um segredo de Fátima. Mas a leveza que veio depois fez com que ele se certificasse de que deveria mesmo ter deixado aquilo claro.

Jacqueline sorriu e ajeitou os óculos Wayfarer sem deixar de olhar pela janela.

– Mas eu nunca disse que era contra. Perguntei justamente porque torço para que vocês fiquem juntos. Nosso esbarrão naquele dia só me mostrou exatamente isso, que você amava a Helena e estava disposto a defendê-la. E sua reação agora, deixando claro que minha opinião pouco importa para o namoro de vocês, só reafirmou isso. Você parece banana, fraco, inseguro, mas na verdade tem atitude! Acho que posso conviver com seu péssimo comportamento – brincou, sem alterar o tom sério de antes.

– Acho que posso conviver com você tendo me chamado de banana! – Pedro sorriu pelo retrovisor, se sentindo imensamente aliviado. Capítulo Sogra – *check*!

Alice acordou cedo, como nunca acordava, e foi dar um mergulho no Arpoador. Ao voltar do mar, estendeu sua canga na areia já disputada e sentiu-se congelar no vento que batia em seu corpo molhado. Na verdade, com o calor que estava, o geladinho do vento batendo no corpo úmido deveria ser deliciosamente refrescante. Mas ela sentia o frio que só um tremendo vazio por dentro pode causar. Há 25 anos, ela e Bernardo eram inseparáveis. Fosse aqui, fosse na França, fosse nas férias em Trancoso, na Toscana, em Toledo. Naquela última semana, ele tinha voltado para Paris sem ela. Ou melhor, ela tinha ficado no Brasil sem ele. O retorno do casal já estava programado, mas, de última hora, Alice anunciou que não iria e que queria o divórcio. Primeiro Bernardo achou que fosse alguma brincadeira de mau gosto. Depois achou que pudesse consertar qualquer mal-entendido. Só então percebeu que o que quer que tivesse feito Alice pensar que ele tinha um caso, não seria desfeito nem com a confiança que sempre tiveram um no outro. Ele foi aos pedaços. Ela ficou em frangalhos. Ainda não tinha procurado um advogado, nem tirado a aliança, nem feito nada diferente do que faria com ele, embora na sua ausência. Não conseguiria perdoar ou relevar uma traição, sabia disso. Mas também não conseguia pensar em uma vida sem Bernardo. Não ainda. Por enquanto, a saudade lhe faria companhia.

Henrique chegou à casa de George Malheiros pontualmente às treze horas. O novo consultor da Improve tinha convidado o jovem empresário para um almoço em sua casa, que costumava fazer para amigos e clientes mais próximos toda terça de carnaval. Compareciam todos que estivessem no Rio e que não se importassem de tirar uma folga da folia. Bom, Henrique tinha ficado no Rio. Mas adorava carnaval e não tinha planos de perder o Sovaco de Cristo, seu bloco preferido. Mesmo assim, prioridades eram prioridades – não exatamente pelos negócios da Improve, mas principalmente porque ainda estava obstinado a descobrir a farsa que envolvia os Garcia Leal.

– Henrique! Você veio! – George saía de perto de um grupinho que conversava sobre golfe para cumprimentar Henrique. – E sua namorada?

— Ela hoje ficou estudando. – Tinha certeza de ter inventado a pior desculpa de todo o repertório, mas a pergunta o apanhara de surpresa. Não queria dizer que Laura andava distante. Até porque, nem ele sabia o motivo.

– Ah, sim! Bom, venha conhecer o meu pessoal! Acho que posso te apresentar alguns investidores importantes para o seu projeto. Além disso, também quero que conheça minha família: minha esposa, minha filha, meus netos... Eles não sabem que você é meu cliente e quero fazer uma surpresa. Você acredita que eu tenho uma netinha de treze anos que descobri ser sua fã? Guarda retratos seus em uma pasta de computador e tudo!

– É mesmo? – Henrique forçou um sorriso demasiadamente simpático para disfarçar o quanto a ideia de ser apresentado a George Malheiros Neto, o farsante, o deixara ansioso.

"É hoje que eu pego esse canalha!", pensou entre dentes.

– Mãe, não fica aqui a subida para o Farfarello? – Helena perguntou, já quase em Itaipava.

– Exatamente. Nossa, você ainda se lembra? Vínhamos aqui quando você era pequenininha!

– Mas era meu restaurante favorito! Lembro até do prato que eu sempre pedia, Ravióli ao Sugo!

— E sorvete de sobremesa!

As duas riram lembrando dos bons tempos em que Henrique e Helena disputavam quem comia mais rápido para chegar à sobremesa primeiro.

– A gente podia comer lá! – Helena teve o *insight* motivada pela nostalgia da conversa, sendo acompanhada por um enorme sorriso de aprovação da mãe. – O que você acha, amor? – dirigiu-se a Pedro.

— Olha, eu adoraria, mas acho melhor marcarmos outro dia. Eu realmente acho que vai chover muito e essa estrada pode ficar perigosa...

– Que chuva é essa, Pedro? Está um dia lindo!

– Por ser xará, ele deve ter contato direto com o Santo! – brincou Jackie.

– Nós já estamos aqui e aposto como vocês estão com tanta fome quanto eu! Vamos? – Helena sempre transitava entre um imperativo incontestável e um pedido que não se podia recusar de tão doce. Praticamente uma dupla personalidade, mas as duas em questão eram aliadas para que nada fosse negado à Helena que dividiam.

– Tudo bem – Pedro não quis ser um estraga-prazeres –, mas não vamos demorar muito, combinado? A chuva...

– Aaaai! – Helena apertou a fronte com a mão direita como quem não aguentava mais ouvir a história da tal da chuva – Meu namorado virou um galinho português do tempo! Senhorrr!

Pedro sempre ria do quanto era dramática e ela se divertia com isso quando caía em si.

Felipe não tinha intenção de ir à Banda de Ipanema naquela terça. Foi à praia de manhã cedo, se sentiu com sorte por conseguir pegar algumas ondas, mas, por volta das onze da manhã, já tinha se dado por satisfeito. A areia começava a lotar, assim como o calçadão e, por mais que não tivesse nada contra carnaval, não era fã de multidões. Acabou encontrando um conhecido da praia com um grupo de garotas que vinham também do Sul. Conversaram tanto que Felipe perdeu a noção da hora. Já era início de tarde quando pediu a eles licença para deixar a prancha em casa e tomar um banho. Acabaram se oferecendo para ir até a casa dele também, ficaram esperando no Devassa, enquanto Felipe fazia um *pit stop* por lá, e depois voltaram todos juntos para a Banda de Ipanema. Ele não costumava beber, mas se aventurou em umas três latinhas de cerveja que, pela falta de costume, já estavam tornando o incômodo da aglomeração imperceptível e a música, cuja letra mal se compreendia, mais divertida do que seria em condições normais. Uma das garotas tinha um senso de humor fantástico, além de ser esportista e ter um par de olhos acinzentados que estavam roubando toda a sua atenção. A conversa já tinha chegado naquele ponto em que o tom de voz fica cada vez mais baixo para que os rostos fiquem cada vez mais próximos. Felipe podia ver o fim da história com a mesma nitidez do presente capítulo, e a previsão estava absolutamente aprovada. Quando o curso das coisas parecia impassível de sofrer qualquer alteração, um toque no seu ombro girou o leme em sentido contrário.

— Laura?

— Definitivamente acho que só você me chama pelo meu nome todo. “Laura” – repetiu, imitando o tom de voz grave de Felipe. — Tudo bem? Eu vim com umas amigas para a Banda, mas vi você de longe! Posso ficar por aqui? Elas estão perto da Farme e está cheio demais – ela perguntou com a clássica cara de cachorro que caiu da mudança.

– Pode, ué! Mas... e o Henrique?

– Ele teve que ir a um almoço, lance de trabalho. Mas, sério, acabei de me tocar que estou sem namorado no carnaval, mas isso não quer dizer que eu tenha que empatar quem está solteiro, né? Posso ir andando pela beira do mar até o Leblon e subo pra casa, sem problemas.

— E vou deixar você sozinha no meio desses trogloditas? Tem uns que usam uma camisa de comanda marcando quantas garotas de que tipo conseguem pegar, tem ideia disso?

– Ah, qual é, Felipe? Você também me parecia estar caprichando no anzol... – apontou com o nariz para a menina que estava conversando com Felipe e agora parecia estar sorrindo para um moreno de olhos verdes à esquerda.

— É... acho que surfo melhor do que pesco. Mas o importante é que você não caia sem querer na rede de arrastão de ninguém. Isso aqui fica meio perigoso de vez em quando e, além de namorada do meu amigo, você também é minha amiga, estamos entendidos? Vou te levar até sua portaria. LAURA – disse enfatizando cada letra, para ressaltar o que ela havia falado mais cedo.

Desde que Lalá tinha contado a Felipe sobre Pablo, o pesadelo de que mais alguém soubesse de seu passado se transformou em uma aconchegante sensação de que, pelo menos para uma pessoa no mundo, ela não precisava mais mentir. Tudo bem, ela ainda precisava contar tudo para Henrique, e só de pensar nisso sentia o estômago se revirar de nervoso. Mas Felipe continuava agindo normalmente com ela. O que dava esperanças de que o mesmo pudesse acontecer com o namorado.

Aceitou a companhia daquele que parecia ser o último cavalheiro da Zona Sul carioca, e foram andando sem máscaras pelo meio de uma multidão de fantasias.

Quando Pedro, Helena e Jacqueline saíram do restaurante, já estava começando a escurecer.

A comida italiana era realmente maravilhosa, além do restaurante ser um ambiente delicioso. Mas ele não tinha esquecido sua preocupação com o tempo que, agora, se mostrava ainda mais fundamentada. Um forte vento frio soprou contra eles quando caminhavam até o carro, e Jacqueline se prontificou a anunciar, em primeira mão:

— Nossa, vai chover, hein?

Helena só olhou para Pedro e sorriu. Ele inclinou a cabeça de lado e levantou as sobrancelhas como quem diz "eu te disse!". E depois sorriu também, naqueles diálogos sem uma palavra, característicos de casais que compartilham uma boa dose de cumplicidade.

Henrique já tinha conhecido no mínimo umas duas dúzias de pessoas. Alguns eram realmente contatos importantes, cujos cartões de visita já estavam guardados em sua carteira, assim como os dele tinham sido fartamente distribuídos. Mas em todo aquele belíssimo jardim, não havia sinal de George. Até a irmã dele, a tal neta-fã, já estava no papo. Henrique fora modelo de umas cinco fotos diretamente postadas no Instagram ao lado da adolescente; ela o tinha feito prometer que, se estivesse solteiro quando a menina fizesse dezoito anos, consideraria se casar com ela. Saldo do dia até o momento: um almoço delicioso, alguns contatos importantes, muitos papos chatos, um pedido de casamento e nenhum flagrante.

Manuela e Alex estavam na casa dele, com mais alguns possíveis amigos cujos nomes ela não se lembrava direito. Tinha bebido um pouco, fumado um pouco e talvez cheirado um pouco – dessa parte ela não tinha certeza. Quis ver as horas, mas se lembrou que tinha dado seu relógio branco Marc Jacobs preferido como garantia de uma trouxinha que Alex pegou sem dinheiro para pagar na hora. Suas unhas, sempre feitas, estavam roídas de forma animalesca. Como não tinha percebido isso antes? Mas também não se importava agora. Foi até o banheiro ver se o armário escondia algum remédio de dor de cabeça. Encontrou uma cartela de Tylenol e enfiou três na boca, engolindo com a ajuda de um pouco de água... da torneira! Se olhou no espelho quando lavou o rosto antes de sair e pareceu não se reconhecer naquele reflexo. O cabelo, que tinha naturalmente uma beleza inacreditável, estava embaraçado, ressecado, sempre preso em um emaranhado no alto da cabeça. Os olhos azuis escuros não apareciam mais. Primeiro porque não tinham brilho, estavam estranhamente opacos. Segundo porque seu rosto, que só agora via o quanto estava inchado, tinha tornado os olhos ainda menores. Ela não se parecia com Manuela Garcia Leal. Talvez nem fosse. Parecia perdida, anestesiada, ausente. Sentia-se morta. Uma ansiedade terrível percorreu seu corpo. Chegou a ter falta de ar. Engoliu algumas lágrimas que escaparam junto com um soluço. Esfregou o rosto até parecer pelo menos mais corado e saiu.

Beatriz estava jogada no sofá, em uma festa chatíssima, quando o celular vibrou.

— Oi, Pi!

– Nossa, Bia, você tá sumida! Quase uma semana que a gente não se fala.

– Pois é, meu pai quis que eu ajudasse ele com umas coisas antes de ele viajar e hoje acabei ficando em casa mesmo. O que você me conta de bom?

– De bom? Nada. Estou aqui com a minha mãe e a minha avó vendo um filme antigo.

– Em pleno carnaval? Nossa! E cadê o George?

– Trabalhando ou algo do gênero. Falou que hoje ia precisar do dia todo off.

— Que chato, amiga!

– Pois é... pensei em você dar um pulo aqui. Pra gente conversar, rir um pouco. E tem outra: minha mãe quer te conhecer! Até agora vocês não se viram, dá pra acreditar?

– Nossa, é verdade! Precisamos mesmo marcar! Pena que hoje não vai dar. Mas quem sabe na quinta, algo assim?

– Tá bom, então, amiga. Beijos!

— Beijinho – Beatriz desligou o telefone olhando para o rapaz que estava ao seu lado. – Ouviu quem era?

– Ouvi... como vai ser o final dessa história?

— Feliz... pra nós! – Riu e se esticou, preguiçosamente, demonstrando não estar nem um pouco preocupada.

Se o suspense no Leblon continuava, em Itaipava as coisas não poderiam ser mais previsíveis. A chuva de fato chegou, como Pedro avisava desde cedo. Mas veio ainda mais forte do que ele imaginava. Rapidamente não se via nada na estrada. Depois de quase bater em um carro que tentou uma ultrapassagem, continuaram a viagem ainda mais apreensivos. O celular dos dois perdia e retomava o sinal de tempos em tempos. Até que, finalmente, o alerta do telefone de Helena acusou o recebimento de uma mensagem de Amélia.

– Pedro, a Amélia acabou de mandar uma mensagem dizendo que as estradas do estado estão com alerta máximo por causa das chuvas.

– Eu estou realmente preocupado com essa nossa volta. Talvez fosse uma boa ideia ficar por aqui essa noite. Um hotel qualquer pela estrada... não sei!

– Hotel qualquer me lembra "Temos Vagas"! Lembra daquele

filme, em que o casal se hospeda em um beira de estrada desses e é vítima de uma gangue de psicopatas?

– Lembro – Pedro riu. – Mas nunca levei tão a sério assim.

– Além de tudo, hotel qualquer pode ter bicho! Rato, barata...

– Já entendi, o "hotel qualquer" está fora de cogitação. Vamos tentar ir até o centro de Petrópolis então. Se a chuva continuar assim, podemos tentar a sorte em um hotel melhor. Sem psicopatas nem bichos, pode ser?

Helena colocou a mão na perna de Pedro e sorriu para ele. Ainda estava com medo daquela tempestade, mas a ideia agora parecia menos assustadora.

– Vamos entrando, Henrique! – George o trazia para dentro da casa. – Quero te apresentar meu neto, mas raramente ele fica lá fora nessas festas. O George Neto é um pouco tímido, pior ainda quando está com a namorada, que é um bocado antipática, mas é uma boa pessoa.

A cada passo os batimentos cardíacos de Henrique aceleravam mais. Estava tão nervoso em finalmente desmascarar George que os segundos até o encontro pareciam uma eternidade. O sangue tinha subido à cabeça, a raiva pelo que aquele farsante tinha feito com uma família que ele amava tanto. Finalmente estavam em uma sala na qual o fujão estaria.

– Ué, o Neto saiu? – George perguntou à namorada dele, que estava de costas no sofá.

— Foi comprar mate pra mim – ela respondeu, sem se virar ou tirar os olhos da revista que folheava.

Henrique não precisou que ela olhasse para saber de quem se tratava. Teve que segurar o impulso de correr até o sofá e perguntar que diabos estava acontecendo ali. Mas achou mais prudente puxar discretamente George Malheiros para outro local e sair sem que ela o visse também. Ele não tinha ideia do que estava havendo, mas sabia quem estava envolvida em toda essa situação. A voz rouca e os cabelos eram inconfundíveis. Então era Beatriz Weissman a personagem que estava faltando naquela peça. Ele só precisava saber agora qual era o gênero e tentar interferir no desfecho.

Helena e Pedro finalmente chegaram ao hotel preferido dela na cidade, completamente ensopados. Preencheram a ficha em tempo recorde e ela entrou direto no banho. Logo em seguida, ele também tomou uma ducha quente e vestiu a mesma bermuda com que tinha vindo. Chegou no quarto e encontrou Helena desembaraçando os cabelos, enrolada na toalha branca com o símbolo do hotel.

– Nós já estivemos aqui antes – ele falou, fazendo com que ela tirasse os olhos da ponta da mecha que desembaraçava e olhasse para ele. – Naquela noite terrível, da festa de noivado.

– É verdade...

– Nós também chegamos encharcados por causa de uma tempestade, lembra? Você entrou direto para o banheiro, me mandou pedir vodca, e saiu com o cabelo molhado, sem maquiagem e completamente diferente da Helena sempre arrumada que eu estava acostumado a ver. E, mesmo assim, eu nunca tinha te visto tão linda! E olha que já tinha me surpreendido com o quanto você era bonita naquela festa de aniversário da Manu.

— Na festa da Manu?

– Lembra que quando você chegou, eu deixei escapar um "Uau!", que depois disse que era para o Rolls Royce? Nunca dei bola para carro nenhum a ponto de soltar um "Uau" daqueles! Era para você. Mas aí eu vi o quanto aquilo era inadequado, voltei à razão e fingi que era pro carro atrás de você.

– Eu não acredito, Pedro! – Helena riu, colocando a mão na boca como se estivesse incrédula.

– Mas na noite em que viemos para cá, foi ainda mais difícil disfarçar. Você estava linda, frágil, vulnerável. E eu não pude mais mentir pra mim mesmo a respeito do quanto estava apaixonado por você. Eu devia ter te dito ali mesmo. Na verdade, devia ter te dito na festa da Manuela!

– Então me diz agora... – Helena largou a escova na mesa de cabeceira e se apoiou na cama com os joelhos até beijar Pedro. Sentia como se todo seu corpo respondesse ao beijo dele, que sempre começava delicado, com beijos curtos, e ia se intensificando até que ela não conseguisse mais pensar em nada e não respondesse por si.

Tinham planejado várias maneiras de passar a primeira noite juntos. Ela tinha a camisola perfeita comprada, os óleos de massagem, a maquiagem sutil separada, a lingerie... tudo! E, de repente, estavam sozinhos naquele hotel, sem nenhuma roupa senão aquela molhada, que secava próxima ao abajur do quarto, sem maquiagem, com o cabelo despenteado e nenhum aparato. Nada além deles mesmos. E ali perceberam que isso era tudo o que precisavam.

Helena fechou os olhos quando Pedro fez com que os beijos continuassem por seu pescoço, seus ombros... Sempre teve medo de compará-lo com Guilherme quando finalmente estivessem nesse momento. Guilherme tinha sido o único, e o sexo com ele era uma combustão sem precedentes. Pegavam fogo, se deixavam queimar e, em poucos minutos, deitavam exaustos sobre as cinzas, para logo depois agirem como se tivessem esquecido. Com Pedro, tudo já parecia diferente. Ele não parecia ter pressa. Dava a impressão de estar aproveitando cada beijo tanto quanto ela. Não estava cumprindo um protocolo com preliminares. Explorava cada possibilidade do corpo dela como se fosse igualmente importante. Ela não queria que aquilo terminasse nunca e, ao mesmo tempo, nunca tinha desejado tanto alguma coisa quanto consumar seu amor por ele por inteiro.

Pedro nunca tinha sentido nada parecido. Já estivera imensamente atraído por alguém antes. Aquela urgência característica de quando mal se pode esperar pela melhor parte. Mas nunca tinha aliado aquele sentimento físico a uma adoração tão grande por uma pessoa. Sentia o gosto de cada centímetro de Helena e um prazer indescritível ao descobrir que reação provocava cada beijo. Ele a mapeava demoradamente, ainda que nada fosse planejado. Parecia querer conhecê-la por inteiro, sabê-la de cor. Queria achar nela coisas de que ninguém tivesse conhecimento. Fincar sua bandeira onde ninguém estivera antes. O comecinho das costas que fez com que ela gemesse mais forte, a ponta do queixo, os joelhos... Tudo que não fosse óbvio despertava ainda mais o seu desejo. Helena era dele, e seus beijos pareciam contemplar isso a cada segundo. Não era suficiente se não fosse dele por inteiro, se não fosse só dele, se não fosse dele pra sempre. Essa urgência era ainda maior do que qualquer outra que já tivesse experimentado. Ele queria que aquilo durasse para sempre. Não só o que aconteceria naquela noite, mas o que desejava que acontecesse pelo resto de sua vida. Quando ela já não tinha mais a toalha para defender qualquer território, ele afundou o rosto próximo ao pescoço dela mais uma vez, respirando-a, tomando fôlego para o que estava prestes a se concretizar. Aquela era a hora, ia acontecer, não havia mais espera.

Helena puxou seu rosto para mais um beijo, e depois o prendeu com o corpo colado ao dela. Aquela era a hora, ia acontecer. Não havia mais como ou por que esperar.

Henrique se despediu de George, o avô, e saiu com um pretexto qualquer. Pegou o carro e arrancou em direção à Zona Sul. Sabia que o trânsito estaria todo modificado a partir do Leblon por causa dos blocos, mas precisava chegar correndo ao Arpoador. George, o neto, era apenas o mensageiro, e não era nele que deveria atirar e sim em quem estava verdadeiramente por trás da falência dos Garcia Leal. A chuva e a velocidade quase fizeram Henrique derrapar na Avenida das Américas, mas se manteve calmo, mesmo com tanta adrenalina correndo dentro dele. Precisava chegar logo e inteiro para revelar o que sabia. Só estava a dúvida a respeito de quem deveria saber primeiro.

XIII – STAGGER LEE SEMPRE VENCE

You lie, steal, cheat and deceit
In such a small, small game
Don't you know it is wrong
To cheat the trying man
Don't you know it is wrong?
To cheat the trying man
You better stop, it is the wrong 'em boyo!
The Clash – Wrong'em Boyo

Fazia tempo que Henrique Piva de Albuquerque não aproveitava um dia de sol. Logo ele, figurinha fácil e indispensável nas areias e no mar do Posto 10, trocando o bronzeado característico pelo famoso branco escritório. Mesmo sentindo falta do lado bom de sua vida antes de se tornar um dos empresários mais promissores da cidade, não tinha do que reclamar. A Improve vinha lhe roubando todas as horas do dia, todos os dias da semana, todas as semanas de cada um de seus meses. Mas, em troca, vinha lhe dando não apenas dinheiro e sucesso, como também orgulho das realizações que vinha conquistando em tão pouco tempo de negócio. Cada garoto daqueles, quase predestinados a uma vida de miséria e violência, e que então trocaram a falta de perspectivas por aprendizado e um bom emprego, cada um deles fazia com que Henrique se sentisse milhões de vezes melhor do que quando estava simplesmente deitado sob o sol cumprimentando as garotas atraídas por ele como mariposas pela luz. Não que não sentisse certa falta: nem das garotas, especialmente desde que Laura tinha sumido quase que sem dar satisfação, e nem do sol. Mas ele era um velho amigo que estava reencontrando hoje. Não na praia, como preferia, mas em um tradicional clube da Zona Sul, onde tinha marcado de almoçar com sua mãe. Estava em falta com Jackie, principalmente pela atenção que gostaria de dar a ela durante o tratamento do câncer.

— Acho que isso é destino.

Virou-se e lá estava Maria Laura, de maiô preto recortado e óculos escuros que escondiam seus olhos de um azul quase transparente, mas ainda evidenciavam o quanto era linda. Especialmente com o sorriso que saía quando ela fazia força para segurar.

— Por dias tenho me perguntado o que fiz de errado. Não é pra me gabar, não, mas eu nunca tomei um perdido de uma garota antes. Especialmente de uma com quem me importasse tanto... — Henrique olhou para ela e viu que seus olhos brilhavam, confirmando o quanto estava vulnerável. Aliás, demorou a conseguir desviar dos tais olhos.

— Você não fez absolutamente nada de errado. Na verdade, seria bem mais fácil se tivesse feito. Mas você é um autêntico príncipe, Sir Henrique – sorriu e derreteu o coração dele. – E eu sou tão, tão errada, que achei melhor sair de cena... sei lá, adiciona aí, "covardia" à minha lista de defeitos. Eu não sou pra você, Henrique.

— Eu não posso participar dessa decisão, sendo o Henrique em questão? – fez com que ela sorrisse de novo, e, diante do sorriso dela, teve certeza de que não podia deixá-la ir assim, sem pelo menos entender por quê. – Ei, Lalá! Olha pra mim! Vamos conversar, me conta o que tá acontecendo. A gente tem uma coisa muito legal aqui. Não queria que se perdesse por algo que eu nem sei...

Jackie chegou e, vendo os dois conversando, sorriu e lançou o comentário:

– Ah, pelo visto vocês já se conheceram, pouparam metade do meu trabalho. Henrique, então você já se apresentou às meninas? Maria Laura e Maria Cecília vieram acompanhando a Celina. Soube que minha grande amiga estava no Rio e não quis perder a oportunidade de reencontrá-la. Você se lembra dos Hagen, não lembra? Lalazinha vivia lá em casa quando vocês eram pequenos! E a Cecília era a amiguinha dela, filha dos Sá Gouveia, estivemos juntos em várias festas de fim de ano.

— Eu... acho que me lembro de vocês... – Henrique disse surpreso. Lembrava vagamente da filha dos Hagen, que tinha idade entre ele e Helena e vivia se fazendo de mais esperta do que realmente era. Então ele conhecia aqueles cachos loiros desde muito antes de se esbarrarem literalmente naquela festa. Sorriu, demorando alguns segundos até conseguir tirar os olhos dela, e então dedicou uma atenção sincera a se lembrar de Cecília. Seu rosto era ainda mais branco do que o de Laura, mas os cabelos eram lisos e castanhos, em um tom bem escuro. Os olhos cor de mel tentavam se esconder por trás dos óculos de grau, e ela mesma parecia desconfortável com qualquer atenção que recebesse. Cumprimentou Henrique, formando um pequeno ângulo com o canto dos lábios que ele teve certeza que ela considerou um sorriso. Ele se lembrava vagamente de Laura ter uma amiga que vivia vestida como uma aspirante a freira e que usava óculos enormes. Só não lembrava, provavelmente por não conseguir reparar nisso quando garoto, que ela, por trás de toda a tentativa de não aparecer, era realmente bonita.

– Cecília, certo? Acho que você fazia balé com a minha irmã!

— Isso mesmo – Jacqueline confirmou sem a ajuda da dela. – Cecília era amiguinha da Helena – o cenho franzido da morena de óculos deixou claro que "amiguinha" havia sido um termo exagerado, mas Jaqueline nem percebeu e continuou. – Que delícia ver vocês todos juntos de novo já grandes! Eram tão pequenos!

– Bom, que ótimo rever vocês! Acho que nosso almoço então será com mesa para cinco, certo? – perguntou, já estendendo o braço para Lalá, que também estava impressionada por não se lembrar antes de tudo aquilo. Henrique era o garoto chato que vivia pra cima e pra baixo com aquele carro de controle remoto! Mas ele parecia muito mais interessante do que se lembrava quando tinham seis ou sete anos! Ele já tinha esse sorriso lindo de deixar as pernas bambas? Nesse momento, ela resolveu disfarçar e apressar o ato de vestir a camisa de seda branca e o short jeans pendurados na cadeira. Ainda teriam um longo almoço pela frente.

– Eu não sei se a minha ideia de aniversário era estar na festa de outra pessoa – Manuela comentou com Alex enquanto dirigiam para a Barra.

– Você só pode estar brincando, Manu! Em um aniversário em que você não quer por perto ninguém que conheça, o que pode ser melhor do que curtir a festa de um estranho? Além do mais, é uma das festas mais badaladas da cidade. É na mansão do Ronaldo Saboya!

Manuela parecia desinteressada naquele nome e em qualquer

outro. Não estava ligando para a festa também, ou mesmo para o próprio aniversário. Não sentia como se aquela data fosse dela. Nem ao mesmo se sentia *ela* ultimamente. Pegou um *gloss* da MAC dentro da bolsa e o espelhinho Marc Jacobs. Aquele brilho nos lábios costumava ser o suficiente para que estivesse linda. Muitas vezes, era tudo o que usava como maquiagem. Hoje tinha sido maquiada pela irmã e, mesmo com todos aqueles produtos, não conseguia disfarçar a diferença em seu rosto. Checou as olheiras azuladas que ainda apareciam por baixo das várias camadas de corretivo. Os olhos ainda pareciam sem vida mesmo com a sombra azul esfumada e os cílios postiços. A pele era ressecada, porosa, sem viço. Suspirou, cansada do que via, e guardou o espelho, ajeitando também o vestido, que parecia largo demais. Além disso, as mangas compridas não tinham nada a ver com o sábado de verão, mas escondiam as manchas roxas nos braços. Manuela não queria estar naquele carro, não queria ir àquela festa. Não queria que aquele fosse seu aniversário. Não queria mais ser ela mesma.

Beatriz Weissman tinha deixado móveis e caixas mais para frente. Duas malas Louis Vuitton apenas com suas roupas e objetos pessoais estavam na porta de seu quarto. Elas seriam sua companhia na primeira noite no apartamento novo. Estava animada com a mudança, mas, naquele momento, quase jogou o celular contra a parede por ter ligado mais uma vez para George sem que ele atendesse. Precisava falar com ele antes, mas como ele tinha simplesmente sumido do mapa, não deixava escolha senão deixar a conversa para o novo cenário.

Já eram seis da tarde quando Helena tocou a campainha na casa dos Garcia Leal. Tinha passado correndo no Atelier do Cake Designer Rafael Félix no Recreio e escolhido um bolo de orquídeas de açúcar para Manuela, dirigindo com todo cuidado na volta para que a caixa não caísse do banco. Agora, parada ali, sentia o estômago se revirar de nervoso por não saber como Manu reagiria à sua visita. Mas era aniversário dela e não se fica longe da melhor amiga no seu aniversário. Mesmo que ela não tivesse exatamente concordado com aquilo.

– Helena, que surpresa! Tudo bem? – Alice abriu a porta,

cumprimentando-a com dois beijinhos. – Esse bolo... é para a Manu?

– É sim. Eu não sei se ela vai gostar, mas...

– Eu tenho certeza que ela vai adorar, minha querida. Mas ela não está aqui. Foi a uma festa com o Alexandre.

— Ah... o Alexandre... – Helena suspirou, nitidamente decepcionada.

– Você conhece o Alexandre, não conhece?

— Sim. O suficiente para que nunca tenha sido meu amigo e também para que lamente que a Manuela esteja com ele. Mas como eu mesma não fui a melhor das amigas na opinião dela, acho que não tenho nada a ver com isso – colocou o bolo sobre o aparador e se virou em direção à porta.

– Espera, Helena! O que você sabe sobre esse Alexandre?

– Que ele não vale nada, Alice. Mas não me sinto no direito de falar qualquer coisa. Afinal, a Manu já deixou bem claro que eu não tenho mais nada a ver com a vida dela.

– Posso te dizer uma coisa que talvez você não saiba? O Bernardo, pai da Manuela. Você sabe como eu o conheci? Na escola, quando tínhamos dezessete anos. Ele era um garoto incrível, diferente dos outros, introspectivo, cavalheiro, estudioso... e o amor da vida da minha melhor amiga!

– Da sua... eu não sabia!

– Sim, é verdade. Eu jamais esperava me apaixonar por ele. Minha intenção, na verdade, era a de aproximar os dois, ele e a Lilian. Mas a primeira vez que ficamos juntos sozinhos foi o suficiente para vermos que tínhamos sido feitos um para o outro. E nunca mais nos separamos. Não me arrependo um dia sequer. Olha a história e a família que construímos! Isso te parece um erro? Mas não ache que não fiquei arrasada por ter traído a confiança da minha melhor amiga. Por um tempo, isso chegou a nos afastar. Mas depois ela percebeu que esteve por anos apaixonada pela ideia do Bernardo. E entendeu que eu, de fato, o amava pelo que ele era.

– É exatamente isso! Era isso que eu queria que a Manu entendesse! Ela e o Pedro nunca se amaram por quem o outro realmente era. Era o conceito. Eu amo o Pedro! Jamais arriscaria minha amizade com ela se não tivesse certeza de que ele é o homem da minha vida!

– Quando é assim, a coisa fica tão visível, Helena, que cabe à outra pessoa apenas enxergar e entender. Tenho certeza de que é uma questão de tempo até que a Manu entenda que nada disso tem a ver com a amiga maravilhosa que você sempre foi. Comigo deu certo. Fui amiga da Lilian até o final da vida dela. E, falando, nisso, preciso ir, querida. Tenho que resolver uma coisa muito importante. Você quer ficar e esperar pela Manuela?

– Não, descemos juntas, então. Obrigada, Alice! Foi muito importante para mim ouvir isso de você!

Se no Arpoador havia uma certa sensação de alívio, na Barra o desconforto imperava. Manuela não conhecia ninguém e Alex sumia misteriosamente de tempos em tempos, demorando séculos para voltar. As pessoas dançavam tão grogues que era fácil perceber que bebida não era o único combustível. Suas mãos tremiam de vontade de também ter reduzida a sua percepção das coisas e aumentado o prazer quase inexistente de estar ali. Mas não tinha nenhum conhecido por perto cuja heroína fosse confiável. Ela nem tinha trazido suas agulhas e, não, ela não queria se sentir daquele jeito em uma festa com dezenas de estranhos. Foi então que Alex chegou, finalmente. Sentou-se ao lado de Manuela, colocando o braço por trás dela no sofá, e tentou animá-la com uma piadinha ou duas. Era impressão dela ou ele tinha cheirado e muito? Mais uma meia-hora se passou sem levar com ela o incômodo de toda aquela situação e, de repente, uma surpresinha surgiu na porta, tanto para o dono quanto para os convidados da festa. Era a polícia.

Manuela estranhou que Alex estivesse suando tanto e tão visivelmente nervoso.

– Calma, Alex, por que você tá assim? Mesmo que eles encontrem alguma coisa, nós somos só convidados!

– Só convidados? – Alex riu, nervoso, enquanto empurrava os cabelos pra trás. – Você é retardada, Manuela?! A gente trouxe todo o carregamento da festa! Nós estamos aqui por causa disso!

Beatriz empurrou a porta antiga do elevador de madeira quando chegou ao segundo andar. O prédio no Arpoador era completamente diferente do prédio em que morava no Leblon. Nada de moderno, nada de chamativo, nada de vanguarda. Era apenas um prédio antigo na Rua Francisco Otaviano, com três andares e apartamentos relativamente pequenos se comparados à casa que tinha sido a sua desde que voltaram para o Brasil. Mas havia algo de único naquele apartamento que estava prestes a ser seu. Era o apartamento de Evandro Garcia Leal e, agora, era dela. Tentou se animar ainda mais com isso antes de virar a chave da pesada porta 201. Acendeu a luz da sala e viu que tudo que era do avô de Manuela e Pietra permanecia intacto no lugar. Os móveis, os quadros, os tapetes. Girou o corpo no centro da sala para contemplar demoradamente cada detalhe. Não gostava da decoração. Não gostava do cheiro. Não gostava do apartamento. Mas gostava de saber que agora era dela. Deixou uma das malas na sala e seguiu com a outra em direção ao quarto. Abriu a porta e quase se engasgou.

— Pietra?!

– Por que essa surpresa toda ao me encontrar aqui? Não faz sentido, Bia! Afinal, esse é o apartamento do meu avô! Ah, não, espera, antes que você tente dizer que é seu, é melhor se atualizar. Seu namoradinho não te contou que o contrato foi anulado? Minha assinatura não batia com a verdadeira. Parece que você acabou se saindo bem amadora para a ladra que achou que fosse! Será que você não aprendeu que ninguém passa a perna em mim?

O som estava extremamente alto no apartamento que agora estava alugado por Laura e Cecília. Fazia tempos que as duas planejavam sair da casa dos pais e tinham guardado dinheiro suficiente para decorá-lo da maneira que queriam. Cecília estava trancada no quarto, enquanto Laura organizava um pequeno Open House com alguns amigos e o convidado de última hora que estava levando toda a sua atenção. Henrique tinha pensado em declinar o convite, mas não viu motivos para isso. E agora não escutava o telefone tocar enquanto Lalá conseguia carregá-lo para a pista de dança improvisada ao som de "Boogie Oogie Oogie". Ela era extremamente sexy de uma maneira divertida e ele não tinha intenção de sair de dentro do *bois pink* com o qual tinha sido enlaçado. Isso era um pensamento que nem passava pela cabeça dele até que, na terceira chamada, finalmente ouviu o telefone e atendeu o número desconhecido.

– Alô, Henrique? Desculpa, eu não sabia mais pra quem ligar, não consegui falar com a minha mãe nem com a minha irmã... aconteceu uma coisa e... eu não tenho mais pra quem pedir ajuda!

– Manuela? Manu, é você? Onde você está?!

— Eu... estou presa.

– Você é tão idiota que colocou tudo a perder quanto tentou me afastar do Guilherme. Aquela festa à fantasia, quando ele veio se declarar e você disse que tinha ficado com ele na noite anterior. Ele não sabe, mas a mãe dele me ligou naquela noite para falar que ele estava muito mal e me pedir pra ir até lá. Nós duas conversamos até boa parte da madrugada. Eu sei que ele estava na varanda, sozinho. Não podia te desmascarar antes de descobrir o que você queria afinal, e por isso posso ter perdido o cara que amo pra sempre. Mas não ia perder a chance de acabar com você. O que você tinha na cabeça, Beatriz? Por que fazer isso com a gente? Você... você matou o meu avô!

– Claro que não! – Beatriz gritou perdendo o controle. – Eu não sou uma assassina, Pietra! Seu avô estava muito doente, era coração. Ele procurou o avô do George por isso, queria encontrar a melhor forma de deixar vocês confortáveis. Ele morreu porque ia morrer de qualquer jeito! Mas eu realmente sinto muito que tenha sido assim. Pode parecer que não porque você não entende, mas eu não sou uma pessoa ruim, sem coração! Você acha que eu queria que seu avô morresse?

– Não, você só queria armar um esquema pra tirar tudo dele e da minha família e roubar tudo que era nosso, inclusive esse apartamento.

– Eu não roubei nada! Cada centavo do seu avô está em uma conta com o nome dele aberta pelo George. Nós não levamos nada com isso. Eu comprei esse apartamento com o meu dinheiro!

– Mas... o que você queria? Por que você fez isso? Destruiu minha relação com a minha irmã, com a minha avó, armou um esquema horrível pra cima do meu avô, denunciou o pai do Guilherme...

– Espera, eu não denunciei o pai do Guilherme! Tudo que eu fiz foi contra a sua família. Eu não faria nada contra ele e não faço ideia de quem tenha denunciado o Ângelo e nem mesmo sei se ele é culpado.

– Você... você separou meus pais! – Pietra foi interrompida pela campainha. – Falando nisso, por que você não abre a porta? Temos mais uma convidada para a nossa festinha de boas-vindas.

– Abre você! Eu não sei do que você está falando.

Pietra passou por Beatriz na entrada do quarto e foi até a porta, abrindo-a para a entrada de Alice.

– Ah, então ela chegou! — Beatriz riu com lágrimas nos olhos. – Quem sabe ela possa te dizer melhor que por que eu fiz tudo isso? Ela é o motivo de tudo que está acontecendo com vocês!

– Eu? Beatriz, do que você está falando? – Alice tentou se aproximar dela.

– Sai de perto de mim! Você é muito pior do que eu e a culpa de hoje eu ser assim é sua! A culpa da minha mãe ter se matado é sua!

– Minha culpa? Ter se matado? Ah, meu Deus, Beatriz! Então você ainda não sabe? Depois de tantos anos, seu pai continuou não contando a você? Sua mãe... a Lilian não se matou! Ela nunca faria isso! Ela também não morreu por minha causa! Apesar de ter ficado triste comigo no início por causa do Bernardo, ela entendeu e me perdoou menos de um ano depois! Beatriz, a Lilian é madrinha da Manuela, foi minha madrinha de casamento, assim como eu fui dela. Sua mãe foi a pessoa mais incrível que já conheci na vida e nós fomos amigas e confidentes até o último dia da vida dela.

– Você tá mentindo, Alice! Como você pode ser tão baixa?

– Sua mãe também não morreu por causa de remédios para depressão. Ela estava tomando remédios fortíssimos sim, que a deixavam sonolenta e fora de si a maior parte do tempo, mas era por causa da doença. A Lilian teve um tumor terrível no cérebro. Lembro que fui com ela ao neurologista poucos meses antes e ele nos disse muito claramente: não havia cura ou tratamento. Apenas remédios que aplacassem a dor imensa que ela sentiria. Foi tudo muito rápido... muito rápido! Você era tão menina na época, ela não queria que você soubesse. Me fez prometer, fez sua avó e seu pai prometerem. Ela lutou muito! Mas, infelizmente, não resistiu. Foi a maior perda que eu já tive na vida! Seu pai também ficou arrasado, por isso vocês foram para a Alemanha. E imagino o que você deva ter sentido, mas, a esse ponto, achei que você já soubesse de tudo.

– Eu... eu não acredito em você! – Beatriz tinha os olhos arregalados em choque e gesticulava negativamente, de forma a manter Alice distante dela.

– Olha, eu nunca tirei isso aqui da carteira. Ela escreveu pra mim dois dias antes de morrer, quando fui visitá-la. Você estava escolhendo um vestido para a festa de formatura do ensino fundamental, não estava? Leia, por favor! – Alice tirou um pequeno papel plastificado de dentro da carteira e entregou a Beatriz, que finalmente o pegou depois de uma considerável hesitação.

"Minha linda e muito amada Alice,

Ainda que sinta que não vou ficar aqui por muito tempo, sei que nossa amizade resistirá a essa e a tantas outras vidas. Obrigada por ter sido sempre a maior amiga e confidente que alguém pode ter. Por favor, nunca se afaste da Beatriz, assim como eu também não queria me afastar. Ela é uma menina doce, mas vai se machucar muito com a minha ausência. Esteja presente para ela como sempre esteve para mim.

Um beijo e o eterno amor da sua amiga Lilian."

Beatriz leu e releu o bilhete, reconhecendo nele a letra perfeitamente desenhada de sua mãe. Demorou a entender todas aquelas palavras. Tudo aquilo em que acreditava, tudo que tinha dedicado a vida a pagar... era mentira! Sua mãe tinha morrido por causa de uma doença da qual ela nunca teve conhecimento, e Alice, que pensava ser uma traidora, era para Lilian uma amiga fiel, que merecia seu amor e agradecimento. Todo o seu mundo estava de cabeça pra baixo e ela não sabia mais o que dizer, o que fazer. As lágrimas corriam como loucas de seus olhos, por todo o seu rosto, sem que conseguisse ter qualquer reação. Olhou para Pietra, que também parecia perplexa e tinha lágrimas nos olhos. Olhou para Alice e, antes que pudesse pensar no que dizer, ela foi mais rápida:

– Me perdoa, Beatriz! Eu errei sim, quando perdi contato com você na época que você foi embora com seu pai para a Alemanha. Eu sabia o quanto ele amava você e achei que isso fosse ser suficiente, que a minha presença na sua vida pudesse doer ainda mais. Mas eu devia ter ouvido a Lilian! Sabe, ela sempre foi milhões de vezes mais inteligente que eu! – sorriu entre lágrimas. – Mas, me perdoa. Por mais que isso não justifique o que você fez, eu entendo. Se eu pensasse que alguém tivesse magoado uma pessoa como a Lilian a ponto de fazê-la desistir da vida, eu também não sei o que teria feito!

Beatriz se lançou ao encontro de Alice e chorou copiosamente, abraçada a ela.

— Mas como assim foi liberado? – Henrique perguntava ao delegado, desesperado, a respeito de Alex. – Foi ele que colocou ela nessa, o senhor sabia? Ela estava lá por causa dele!

– Não foi bem isso que ele nos informou, Sr. Henrique. No depoimento do Sr. Alexandre Bittencourt, ele disse que a droga encontrada ao lado da Srta. Manuela Garcia Leal a ela pertencia e que ele não estava ciente de que ela a tinha em sua posse. Ele foi à festa por convite dela, que comemorava ali o seu aniversário.

– Mas isso é mentira! Sr. Delegado, pelo amor de Deus, todo mundo sabe que esse cara trafica há anos!

– Se era sabido pelos senhores, por que não informaram? Protegeram o criminoso? E por que a Srta. Garcia Leal estava com ele se também era de seu conhecimento? Por que estava com a bolsa se sabia que ele traficava? De mais a mais, é uma acusação grave. O Sr. Alexandre não tem antecedentes e é filho de um General muito respeitado e guardado na mais alta estima por nossa corporação.

– Então é essa a questão? Quem tem a carta mais forte pra sair daqui? Sendo assim, eu gostaria de lembrar aos senhores que a Srta. Manuela é neta de um ex-ministro da Justiça, Dr. Evandro Garcia Leal!

– Falecido esse ano, não é mesmo? – O delegado sorriu para Henrique. – Não será de tanta utilidade agora, que ironia. De qualquer forma, não há nenhuma prova que inocente a senhorita em questão.

– E nem há provas de que ela seja culpada! Não sou da área mas, até onde sei, é isso que precisa existir, não? – Henrique exclamou de braços abertos, irritando visivelmente o delegado por ter destruído seu argumento.

– Meu tempo e minha paciência precisam ser destinados a coisas mais úteis, Sr. Henrique. Como o senhor sabe, nem advogado é e estou conversando aqui apenas por educação e pela consideração que tenho por sua família. Mas agora basta! Continuo à disposição para quando o advogado responsável chegar. Até lá, o senhor pode aguardar na recepção ou lá fora.

Henrique saiu, entendendo melhor como funcionava o esquema. Precisava de uma pessoa de peso dentro da área. E sabia exatamente como conseguir isso.

— Eu preciso ir – Alice anunciou depois de passar um bom tempo conversando com Beatriz. – Viajo amanhã cedo para Paris e ainda nem terminei de arrumar tudo!

– Então você e o Bernardo já se entenderam... Sei que isso não vai mudar em nada o que fiz, mas quero que saiba que não rolou absolutamente nada entre a gente. Nada!

– Eu sei disso, Beatriz. Agora vou deixar vocês duas conversarem.

– Eu não tenho mais o que conversar com ela! – Pietra se levantou. – Você pode se sentir culpada por isso ou aquilo, o que entendo, apesar de ser absurdo em uma hora dessas, mas eu não fiz nada! E foi de mim que ela tirou o Guilherme. Foi de mim que ela tirou meu avô! E ainda por cima me usou esse tempo todo, me fazendo namorar aquele idiota pra conseguir tirar tudo o que a gente tinha.

– Pietra, sei que você nunca vai entender. Eu também não entenderia. Mas...

– Cala a boca, Beatriz! Com quem você acha que está falando? Eu sei muito bem o que você fez e muito bem o que você é pra deixar que se enrole que nem uma cobra no meu pescoço outra vez! Eu só não entreguei você à polícia porque minha mãe pediu. Mas saiba que o George deve estar dando depoimento agora. Henrique prestou queixa contra ele por falsidade ideológica, danos morais e materiais. Pode considerar esmola nossa você não estar presa! E eu quero todos os dados da conta do meu avô hoje! Pode passar tudo por escrito aqui, e se qualquer coisa estiver errada, nem tente fugir, porque eu vou atrás de você até o fim do mundo! E quando terminar, deixe a chave com o porteiro e vá embora daqui. Esse apartamento não é seu, nunca foi e nunca vai ser. Nós nunca precisamos do dinheiro de ninguém, muito menos de uma maluca como você! Só pra você saber, eu liguei para o seu pai antes de você chegar e contei para ele exatamente o que você e seu namoradinho fizeram. Vou te deixar aqui pra fazer seu dever de casa e ir pensando no que dizer pra ele quando você chegar. Nunca mais olhe na minha cara, Beatriz Weissman. Eu tenho muita pena de você. Mas não a ponto de não te esmagar como o inseto que você é se for preciso.

Depois da chegada do Desembargador Aluízio Linhares à delegacia, todo o processo correu com muita fluidez e gentileza até que tudo fosse esclarecido e Manuela fosse liberada, com direito a pedido de desculpas.

Assim que chegou à recepção, ela abraçou Henrique com toda a força que tinha. Ele era o primeiro rosto conhecido desde o início daquele pesadelo e tinha conseguido tirá-la daquele inferno.

Abraçou também o desembargador, assim que soube que graças a ele tinha sido solta.

– Não me agradeça, Manuela – Aluízio respondeu. – A responsável por eu estar aqui e não sair sem você foi uma mocinha muito insistente e convincente! E que parece gostar muito de você – apontou para a saída da delegacia.

Manuela foi até a porta, seguida pelos dois, até encontrar, nervosa e andando de um lado para o outro, uma velha conhecida.

– Vocês conseguiram! – Helena exclamou aliviada. – Manuela, você... tá bem?

Manu apenas balançou a cabeça e continuou olhando para ela, sem conseguir ter nenhuma reação.

– Vem, Manu, eu levo você em casa – Henrique colocou o braço em volta dela, fazendo com que se sentisse menos perdida. – Você tá de carro, Helena?

– Tô... eu vou levar o Dr. Aluízio em casa.

– Então a gente se vê em casa daqui a pouco. Até mais, Dr. Aluízio! Muito obrigado mais uma vez – Henrique se despediu.

As duas trocaram olhares por alguns segundos. Helena quis correr e abraçar aquela que era metade dela própria. O cabelo desgrenhado, os olhos vermelhos e o rosto esquálido da melhor amiga fizeram seu coração se partir em dez. Queria consertar, consolar, proteger... dizer que tudo ia ficar bem, como sempre ficou.

Manuela sentiu o peito se apertar e retorcer vendo Helena. Ela saberia o que fazer, o que dizer. Ela sempre sabia a direção certa. Conhecia Manu como se tivesse todas as suas instruções. O abraço dela lhe traria todo o calor, o conforto e a tranquilidade que precisava. A amizade com Helena tinha cheiro de lar, da certeza de que tudo ia ficar bem, como sempre ficou.

Desviaram os olhares e seguiram em direções opostas, embora o coração de uma tenha corrido em direção ao da outra.

Beatriz chegou em casa e encontrou as luzes apagadas. Supôs que o pai estivesse dormindo e tentou não fazer nenhum barulho, mas deu uma topada numa caixa no meio da sala.

– Já chegou? – Tomou um susto com a pergunta e percebeu que o pai estava ali, no escuro e no silêncio, esperando por ela. Viu então que a caixa era uma das que continham seus objetos, arrumada mais cedo para a mudança agendada para o dia seguinte.

– Oi, pai. Eu posso levar essas caixas lá pra dentro? Eu... não vou mais me mudar.

– Você está enganada, Beatriz. Essas caixas não voltam para o quarto e nem você. Seus planos absurdos podem ter falhado, mas uma coisa você acertou – acendeu a luz e ela pode ver que tudo que era seu estava na sala. – Você vai se mudar sim.

Manuela chegou em casa quando Alice, Luiza e Pietra já tinham ido se deitar. Sentiu-se estranha e aliviada ao mesmo tempo. Foi até a cozinha beber um copo d'água e viu seu bolo de aniversário sobre a mesa. Orquídeas de açúcar. Sabia quem tinha sido a responsável pelo bolo mesmo antes de ler o cartão que estava embaixo.

"Você é minha melhor amiga pra sempre. O fato de você não concordar com isso ou não entender não muda nada. Parabéns, Manu! Te amo. Beijos, Helena".

Apertou o cartão contra o peito e se deixou deslizar com as costas pela parede da cozinha até que se encontrasse sentada no chão, abraçada às próprias pernas e chorando como uma criança que dispensou o único convidado que não esqueceu da sua festa. Ela estava ali. Era seu aniversário. Ela era Manuela Garcia Leal. Ter se lembrado disso fazia com que entendesse mais do que nunca que só ela sabia o caminho de volta e só com suas pernas ele poderia ser percorrido. Não era exatamente um feliz aniversário. Mas cair em si era o melhor presente que poderia ter recebido.

XIV – POR ENQUANTO

Se lembra quando a gente
chegou um dia a acreditar
Que tudo era pra sempre sem saber
que o pra sempre sempre acaba
Por Enquanto – Legião Urbana

Seis longos meses separavam a Jacqueline de antes da notícia do câncer de mama e a Jacqueline de agora. Primeiro veio a negação. Se ignorasse o que o médico tinha dito, se achasse que ele podia estar errado, se não aceitasse ter aquele capítulo em sua vida, será que o maldito tumor entenderia sua recusa e deixaria seu corpo? Ao ver que isso não funcionava, veio a fase do isolamento. A separação do marido, da vida que levava, dos amigos, da família, de si mesma. Com a visita inesperada de Helena em uma noite de chuva, veio o reencontro. Com os outros, consigo, com a realidade. Aquele câncer estava ali, dentro dela. Ou ela levantava e lutava por sua vida, ou deixaria que ele vencesse por W.O.

Hoje, em um iate todo decorado em tons de rosa ancorado na Marina da Glória, Jacqueline estava de volta à sociedade. Mas não era isso que estava sendo comemorado ali. Era seu retorno à vida. Ou melhor, seu renascimento. A Jacqueline que veio com uma proposta de trabalho do interior de Minas para o Rio de Janeiro, se apaixonou por um playboy milionário chamado Bruno Piva de Albuquerque, se deslumbrou pela vida que ele podia oferecer e, quando deu por si, tinha dois filhos que não tinha ideia como criar, especialmente depois que Bruno foi embora sem deixar rastros ou explicações... Essa Jacqueline já não existia mais. Assim como também tinha ficado pra trás a Jacqueline que se casou com um milionário do Kansas ou com um ex-ministro de sobrenome árabe. Essa Jackie, que tinha ferido a própria filha como hoje em dia não conseguia entender, que valorizava a alta sociedade mais do que a própria família e que julgava as pessoas pela influência que tinham, essa mulher não vivia mais naquele corpo. Tinha sido retirada na cirurgia, caído com o cabelo na quimioterapia. Ela não se parecia em nada com a nova Jacqueline, exceto pelo talento de fazer as melhores festas da cidade. E esse Baile Rosa precisava ser o maior de todos, pois além de representar a vitória sobre a doença, também envolvia doações graúdas para instituições relacionadas a pesquisas e ao tratamento do câncer de mama.

Enquanto Jackie cumprimentava as socialites com seu turbante cor de rosa cravejado de cristais rosé, Amélia e Luiza evitavam as conversas fiadas, sentadas em um canto discreto e reservado, onde poderiam ser apenas interrompidas pelas bem-vindas passagens dos garçons trazendo água para uma e suco de uva verde para a outra.

— Então a Helena ajudou a Jacqueline a organizar a festa? Que bom que elas finalmente se entenderam – Luiza comentou, antes de aceitar um canapé feito com queijo Brie.

– A Helena foi uma grande amiga da mãe durante todo esse processo. Fico muito orgulhosa da mulher que ela se tornou. E, antes que você me pergunte, não, Dona Luiza Garcia Leal, nem uma pontinha de ciúmes. A cumplicidade que nós temos é única! – Amélia respondeu, cogitando trocar o suco de uva verde por pelo menos um daqueles drinques coloridos que passavam.

– Ela também está ajudando o irmão na Improve, não é?

– Sim, nas horas vagas a Helena está dando amparo jurídico ao Henrique e orientação aos meninos que já tiveram algum problema com a Justiça. Fico feliz que ela faça parte desse projeto, assim como o Felipe, que está fazendo um trabalho muito interessante com os meninos dentro do esporte.

– Impressionante como o negócio do Henrique deu certo. Mas ele merece, viu? Sempre foi um menino de ouro. E me ganhou ainda mais depois de todo o apoio à Manu. Você acredita que, durante esses dois meses na reabilitação, ele só deixou de ir um dia vê-la? A presença dele foi de extrema importância na recuperação dela.

– Eu soube por ele que ela vem hoje, é verdade? Quero muito ver a Manuela de volta, com toda a luz que ela tem, aquela risada que se escuta de longe... fico muito feliz que todo esse pesadelo tenha acabado.

– Agora só falta ela e a Helena finalmente voltarem a se falar. Me dá um aperto saber o quanto as duas se adoram, mas insistem nessa briga!

– Luiza, é preciso que a gente respeite o tempo da Manuela para aceitar toda essa situação. As coisas vão se acertar, você vai ver. Lembra quando nós passamos quase um semestre inteiro brigadas por causa do Vitinho do Instituto Lafayette?

– Você tem cada memória, Amelinha! Impressionante como faz questão de lembrar umas coisas sem sentido... – Luiza se fez de indignada, mas em seguida as duas riram juntas e tocaram os copos em celebração a uma amizade que, em mais de setenta anos, já tinha resistido a muitos Vitinhos, brigas e desencontros.

Do outro lado do iate, Pedro, que tinha trocado o smoking por um Summer com gravata borboleta magenta, escolhida a dedo por Helena, tentava fazer os parentes trazidos pelos pais se adaptarem à festa.

– Mas é isso que tem para comer? O que é isso, afinal? – o pai de Pedro perguntava, segurando um enroladinho de presunto de Parma com chutney de manga.

– Pai, eu te garanto que é comestível, mas tenta falar mais baixo, por favor.

– Mas não tem salgadinho? Uma coxinha, croquete, bolinha de queijo?

– Coxinha, pai?! – Pedro quase engoliu o guardanapo que pegou para o pai. – Pelo amor de Deus, nessas festas não tem coxinha!

– Eu não sei por quê! – a tia exclamou em voz alta, enquanto pegava de uma vez dois pratinhos de *caesar salad* – rico não come nada que se mastigue mais de uma vez, não? Isso é pra economizar dente? Deus me livre, umas coisas que parecem papel, sem gosto, não matam a fome!

– Tia Sônia, acredite, é possível matar a fome com algo que não seja frito. E, por favor, gente, tentem falar mais baixo, ou manter os sapatos nos pés – apontou para o primo que balançava um pé descalço enquanto um dos sapatos, provavelmente apertado, jazia abandonado ao pé da mesa. – Eu sei que esse não é o tipo de festa com o qual vocês estão acostumados, mas é só uma noite! Tentem não me matar de vergonha, é pedir muito?

– E a música? Vai ficar nesse fonfonfom aí mesmo? – A prima se referia à orquestra que tocava clássicos de Glenn Miller e outras Big Bands.

– Eu desisto! – Pedro bufou, entregando os pontos.

– Ei! – Graça, que até então só observava o diálogo entre o filho e os parentes, se levantou. – Espera um pouco, quero conversar com você, Pedro! – passou pelo sobrinho no caminho, dando um tapinha de leve na cabeça dele. – E você calça esse sapato que a gente pode não ser acostumado com festa em iate, mas também não é mal-educado!

– Mãe, não dá! Eu queria muito que você e o papai estivessem aqui porque sinto a falta de vocês, mas parece que ele não se encaixa nesses ambientes. O resto da família então, nem falo!

– Olha você, meu filho, tão elegante nesse terno branco. Tão bem adaptado a tudo isso, tão fino, falando bonito. E soube pela Amélia que foi promovido no banco, é isso? Virou o homem de confiança de um dos mandachuvas lá?

— Eu ia te contar, foi semana passada.

– Então... tudo isso parece tão distante do lugar onde a gente mora, não parece? Mas não pode ser distante a ponto de você não se lembrar que também vem de lá. Não reconhecer que foi graças a seu pai, que não se encaixa, que você pôde estudar e hoje fazer parte de todo esse mundinho? Será que, com tantas coisas novas ocupando sua cabeça, você teve que abrir mão da sua memória, meu filho? Essa sua atitude me envergonha mais do que o pé descalço do seu primo. A você não? – voltou para a mesa, não sem antes lançar um daqueles olhares que desestruturam a pessoa por completo.

De um ponto onde não se podia ver um Pedro completamente perdido e desolado, os Lunardelli chegavam à festa. Os três estavam sumidos desde o processo ao qual Ângelo respondeu, a partir de uma acusação anônima de sonegação de impostos. Embora Heloísa tenha lidado com a adversidade à sua maneira, fugindo para um SPA em Trancoso, todo o caminho da acusação até a comprovação da inocência tinha servido para aproximar pai e filho. Ângelo nunca enxergara de verdade o homem que tinha como filho. Guilherme, por sua vez, nunca encontrara abertura para chegar de verdade até o pai. Ambos tiveram o mundo a seus pés, desde a infância, e a adoração de toda a alta sociedade do Rio de Janeiro pela vida inteira, mas experimentaram juntos o desprezo, a mudança de atitude, as portas e sorrisos fechados, os convites que não chegavam mais, as críticas nascidas de onde antes só havia elogios rasgados e o distanciamento daqueles que faziam questão de uma proximidade angustiante. Os Piva de Albuquerque e os Garcia Leal tinham sido alguns dos únicos que mantiveram a mesma atitude antes, durante e depois do processo. Mas a maior parte das pessoas se enquadrava na categorização “Antes e Depois da Denúncia”. Isso tinha feito com que Ângelo e Guilherme passassem a dar mais valor a tudo que era verdadeiro, conseguissem enxergar melhor através do véu de seda do sucesso e do dinheiro e pudessem visitar a face real da hipocrisia da alta sociedade. Eles estavam de volta ao topo, mas muito mais conscientes e mais fortes do que antes de precisarem escalar o caminho todo. Tinham descoberto dezenas de coisas com o reverso da fortuna, mas a principal dessas descobertas foi a de terem encontrado um no outro um amigo incondicional.

– Vem aqui, Ângelo! Como é bom te ter de volta! – Jackie abraçou aquele que conhecia há tantos anos com força e alívio. – Eu sei que você não é flor que se cheire, mas sempre soube que não era um criminoso.

– Você sempre esteve do nosso lado, assim como seus filhos e os Garcia Leal. É por isso que estamos aqui. Eu também estou muito feliz de te ter de volta, Jacqueline. A cidade não poderia viver sem a sua presença. Eu, pelo menos, sentiria muito sua falta.

– Eu fico muito feliz por deixarmos de lado as picuinhas de tantos anos atrás! Acho que situações como a minha doença ou o seu processo fazem a gente ver o quanto certas coisas não valem a pena, e o quanto outras valem!

– Concordo... os valores mudam muito. E também fico contente por não estarmos mais brigados. Poucas pessoas me conhecem tão bem quanto você.

– E quer saber? Você estava certo. Eu realmente não dava valor à minha filha como deveria. Helena é uma mulher incrível. Se estou aqui hoje, em grande parte é por causa dela.

– Olha só que ironia! Eu é que preciso confessar que você estava certa! Fui um boçal com o Guilherme, um péssimo pai! O garoto é fantástico, Jacqueline! Posso dizer o mesmo, foi ele que me trouxe de volta até aqui.

– Acho que somos apenas crianças grandes, Ângelo. Eles cresceram um pouco mais rápido e nos mostraram isso. – Os dois riram e Jacqueline passou o braço em volta dele. – Sabe que você ficou bem com essa camisa rosa? Deixa eu te mostrar o salão de jogos que improvisamos.

Enquanto Heloísa tentava chamar a atenção dos repórteres e fotógrafos na entrada, falando sobre uma doação pra lá de generosa que tinha feito às instituições beneficiadas com o Baile Rosa, uma concorrência desleal roubou os holofotes. Manuela aparecia em um evento depois de dois meses de reabilitação. Alguns quilos mais magra do que antes e ainda um pouco abatida, mas nada que comprometesse o brilho que a garota mais bonita da Zona Sul voltava a ter nos olhos de safira e no sorriso largo. Os cabelos caíam sobre os ombros e costas em pesadas ondas livres, e o vestido de organza *pink* deixava claro: Manu estava cansada de tentar ser invisível. Pertencia ao centro das atenções, às luzes, ao barulho, às festas. Nunca mais tentaria fugir de quem era. Até porque, poucas pessoas não gostariam de ser Manuela Garcia Leal, e não dar valor a isso seria uma imensa desfeita.

Henrique estava conversando com um grupo de amigos e pediu licença no mesmo momento que viu Manu aparecer. Foi até lá sem tirar os olhos dela, e, quando já estavam de frente um para o outro, fez uma reverência e lhe ofereceu o braço.

– Se você não achar que eu pareço um flamingo com esse smoking rosa claro, posso te acompanhar?

Manuela deu uma de suas risadas contagiantes, capazes de derreter um iceberg, e Henrique percebeu naquele momento o quanto vê-la feliz vinha lhe fazendo falta. Ela se lançou em direção a ele com o jeito espontâneo de costume e o abraçou com força e gratidão.

– Meu herói! Mesmo que você parecesse um flamingo, seria o flamingo mais charmoso dessa festa! – Aceitou o braço de Henrique e foram entrando juntos.

– Queria mesmo conversar com você. Durante esse tempo em que pude estar mais próximo e ver você voltando a ser a garota maravilhosa que sempre foi... andei pensando muito e queria te fazer uma proposta.

– Proposta? Fala longo, Henrique! Senão vou achar que você resolveu me pedir em casamento!

– Bom, embora eu saiba que você teve uma quedinha por mim durante muitos anos...

– Ah, eu não acredito que a Helena te contou isso! – Manu ficou vermelha de vergonha e depois percebeu que a pior sensação foi falar o nome de Helena sabendo que as duas estavam tão distantes agora, tendo sido melhores amigas pela vida inteira. Um silêncio se instalou no espaço mínimo entre os dois como um elefante branco de bolinhas vermelhas.

– Não, foi o Guilherme que me contou, na verdade. Mas não se preocupe, eu sei que depois de mim teve o Nick Carter e isso já tira todo meu mérito. Na verdade, a proposta é outra. Eu queria muito te convidar para trabalhar na Improve. Ser nossa ponte com a imprensa, nossa porta-voz.

– O quê?! – Manuela deixou a surpresa sair em voz mais alta do que pretendia, já que pelo menos uma dúzia de cabeças se virou na direção deles. – Você tá louco? – compensou o tom de antes, sussurrando. – Eu não tenho qualificação pra isso, Henrique!

– Ah, qual é, Manu?! Você está se formando em jornalismo, teve uma carreira meteórica na In, sobre a qual prefiro não comentar porque sei que incomoda você, tem um talento incrível com as palavras e, ainda por cima, um carisma e uma simpatia que só vão atrair bons olhos para a empresa!

– Eu sei que você tá tentando me ajudar e agradeço, Henrique. Você não tem feito nada além disso desde o dia em que foi me buscar naquela delegacia e não faz ideia do quanto reconheço e sou grata! Mas eu tive um problema sério com drogas, eu... Eu quase fui presa!

– E isso só te torna mais apta a entender e a representar as pessoas que qualificamos na empresa. Manu, esses jovens que saem da Improve para uma empresa tiveram uma história bem diferente de um conto de fadas. Muitos se envolveram com drogas, cometeram crimes ou pequenos delitos e agora estão conquistando uma nova chance. Eles quiseram mudar o jogo e ganharam uma oportunidade de recomeçar do zero. Não é exatamente essa a sua história? Você não acha que pode falar muito melhor com eles e sobre eles do que um mauricinho qualquer... como eu?! Manu, não estou fazendo favor nenhum. A Improve precisa de alguém como você e eu quero que esse alguém *seja você*.

Manuela olhou para Henrique e viu o quanto ele estava falando sério. Os olhos castanhos dele, que sempre tiveram um tom de brincadeira, agora guardavam toda a determinação do mundo e cobravam uma resposta dos dela, que ficaram embaçados com as lágrimas que tentava conter.

– Eu queria que você soubesse que isso é muito importante pra mim. Depois de tudo que aconteceu, eu... fiquei perdida, sem saber direito por onde recomeçar. E essa oportunidade é – sentiu a voz começar a embargar quando Henrique, que também percebeu isso, cortou-a como uma flecha.

– Segunda-feira você passa na Improve com sua carteira de

trabalho e vai do DP direto à minha sala. Agora vamos parando por aqui porque eu não acho ético me envolver com *mimimi* de funcionário – brincou, recebendo de volta uma gargalhada de Manu e dando um beijo na mão dela antes de seguirem em frente.

Pietra estava de frente para o mar, na parte externa do iate, falando com os pais por chamada de vídeo no celular.

– Sim, está tudo bem. Mesmo! A Manu já deve ter chegado ou estar chegando, minha avó está aqui. A Jackie está ótima, assim como todos. Nem parece que há pouco tempo estávamos naquele inferno, mãe! Mesmo eu tendo desmascarado aquela maluca da Beatriz com a ajuda do Henrique, nada teria sido tão perfeito sem a sua ajuda mostrando aquela carta da mãe dela e provando que ela não tinha por que se vingar da nossa família.

– E ela? Voltou a aparecer? – Alice perguntou no vídeo, tendo a cabeça de Bernardo apoiada em seu colo.

– Que nada. Me procurou umas duas vezes logo depois daquilo para tentar uma reconciliação. Imagina se eu vou bater palma pra maluco dançar! Depois mandou um e-mail contando que o pai tinha praticamente mandado ela de volta para a Alemanha, mas que ela tinha acabado concordando com a ideia e estava de partida. Já foi tarde!

– A Beatriz foi só uma garota que sofreu muito, Pi. Deixa isso pra lá e vamos seguir em frente agora que está tudo esclarecido. E você, já resolveu aquela outra pendência?

– Ainda não tomei coragem – Pietra sentiu um aperto no peito quando lembrou do assunto. – Mas se um dia nos reencontrarmos... Eu vou falar com ele. Prometo.

— Manda um beijo pra todos e vai curtir a festa, filha!

– Beijo, mãe! Beijo, pai! Amanhã nos falamos.

Quando desligou e baixou a tela do laptop, Alice percebeu que o marido olhava para ela com um certo encantamento.

— O que foi, Bernardo? – perguntou, sem graça.

– Estou admirado com a forma que você resolveu tudo. Sabe, toda essa história envolvendo aquela menina foi muito chocante pra mim. Mas me deixa mais tranquilo que ela agora esteja em paz com a morte da mãe e com todos nós. Eu nunca soube dessa carta da Lilian. Na verdade, nunca nem cheguei a saber que ela tinha uma doença! Também achava que ela tinha morrido em consequência dos antidepressivos e, de certa forma, me sentia culpado por isso.

Bernardo parou de falar e percebeu que o silêncio de Alice também escondia uma boa dose de angústia.

– Ei, por que você ficou assim? Olha pra mim! Eu sei que o fato de nós dois termos nos apaixonado magoou a Lilian. Também penso nisso com mais frequência do que gosto de admitir. Mas ela seguiu em frente! E a carta que ela te escreveu só mostra o quanto superou tudo isso e continuou considerando você a amiga maravilhosa que sempre foi.

– Fui eu que escrevi – Alice disse lacônica, olhando através do marido.

– Foi você que escreveu o quê?

— Aquela carta. Fui eu que escrevi. Quando soube de tudo que estava acontecendo, vi que precisava agir para parar aquilo. O que as meninas estavam sofrendo, o que seu pai sofreu... Era tudo culpa minha e eu precisava encontrar uma forma de resolver. Sempre fui ótima imitando letras. Peguei um bilhete que guardo na carteira até hoje da época do segundo ano, no qual a Lilian diz que eu e a Helô éramos as melhores amigas do mundo. Escrevi aquela carta imitando a letra dela e depois inventei toda aquela história da doença. Mas é tudo mentira, Bernardo! A verdade é que a Lilian morreu sim por causa daqueles malditos remédios que ela tomava para dormir, para escapar daquela vida miserável com aquele cavalo com quem ela se casou. Para escapar dos sonhos que ela nunca realizou, das decepções que ela nunca superou. Eu tirei da minha melhor amiga a coisa que ela mais queria: você. E ela nunca conseguiu esquecer ou me perdoar de verdade. Ela podia me receber sempre com aquele sorriso condescendente, mas eu sempre soube... Sempre soube que ela nunca tinha me perdoado por apunhalar suas costas daquela maneira. – Alice olhava agora diretamente para Bernardo. – Como posso culpar aquela menina por não me perdoar se eu mesma ainda não fui capaz disso? Tudo que consegui fazer foi enganar a filha, como enganei a mãe. Mentir sobre a morte dela para salvar a minha família! Essa, Bernardo, essa é a "amiga maravilhosa" que eu sempre fui.

Bernardo olhava para Alice em choque. Queria consolar a esposa e dizer que ela tinha feito a coisa certa, mas não conseguia fazer isso sem acreditar nas próprias palavras. Não seria capaz de convencê-la de coisa alguma se ele mesmo não tinha mais certeza de nada. Lilian era um fantasma insuperável e constante na consciência de ambos. Agora, Beatriz se unia a ela.

Todos os olhos se voltaram para Guilherme quando ele chegou. Não só porque era inegavelmente um dos homens mais lindos da festa, especialmente com o smoking preto e camisa rosa bebê perfeitamente ajustados ao seu corpo. Mas também porque era a primeira vez que era visto desde que surgiram as primeiras acusações ao pai. Os rostos, que antes da inocência comprovada tinham se virado contra ele, agora voltavam a se virar em sua direção. Mas ele ignorava cada um deles até chegar ao sorriso e a mão estendida que o esperavam. Ao parar diante de Helena, beijou a mão da ex-noiva e em seguida a tomou nos braços para dançar um arranjo instrumental de "*Fly me to the moon*" que mal tinha começado.

– Não é incrível que eu mal me aproxime de você e Frank Sinatra comece a tocar? – perguntou, com um sorriso de falso mistério no rosto.

– Eu posso apostar que você foi até a banda pedir essa música e esperou para aparecer diante de mim estrategicamente quando os primeiros acordes fossem tocados. Acertei? – teve sua resposta na risada dele. – Eu te conheço tão bem quanto a palma da minha mão, Guilherme Lunardelli. E é muito bom ter você aqui!

Helena estava mais bonita do que de costume. Emanava uma luz única de quem está em paz consigo mesma, de quem amadureceu com as adversidades e aprendeu a dançar no ritmo imposto pela vida, contra o qual vinha brigando antes. O longo tomara-que-caia rosette tinha peplum bordado em cristais azaleia e os cabelos estavam perfeitamente presos em uma trança embutida. Seus olhos castanhos tinham um brilho sereno e tranquilo que transmitiam segurança e confiança. Helena tinha sido uma menina muito bonita, mas sua beleza era ainda mais evidente na pele da mulher que havia se tornado. Guilherme, por outro lado, continuava a ter os olhos mais azuis já vistos e um rosto com traços irritantemente perfeitos. Mas as dúvidas e a inseguranças diminuídas com o passar do último ano e seus acontecimentos tinham dado espaço a uma expressão mais aberta, mais leve, de quem está finalmente pronto para encarar a vida de peito aberto.

Não eram só quase-estranhos que acompanhavam de longe a dança, a conversa que não se conseguia ouvir ou as gargalhadas de cumplicidade dos dois. Pedro também os observava com um certo ar curioso. Não se sentia ameaçado por Guilherme. Sabia que Helena o via como um grande amigo e não duvidava da solidez dos sentimentos dela ou do relacionamento que tinham. O que se perguntava, vendo os dois à distância, é se algum dia ela pareceria tão perfeita ao lado dele quanto ao lado de Guilherme ou de qualquer outro que tivesse nascido naquele meio, que falasse a mesma língua, que possuísse todas as chaves. Antes que ele fizesse o copo de gin chegar à boca, ouviu a voz de Maria Cecília tão próxima de seu ouvido que se perguntou como ela tinha chegado ali sem ele notar.

– Toda essa gente coberta de joias, usando uma quantidade inimaginável de tons de rosa e fingindo estar aqui por uma causa nobre quando tudo que importa é aparecer mais do que os outros na cobertura das revistas. Isso não te causa um certo enjoo?

— Thackeray – Pedro disse sem olhar para ela, como quem compartilha uma piada interna consigo mesmo.

— Thackeray... pode ser! – Cecília o surpreendeu, sabendo exatamente da comparação que ele tinha feito da festa com o clássico do autor, Fogueira das Vaidades. – Mas me embrulha o estômago do mesmo jeito.

Pedro riu e voltou a olhar para Helena e Guilherme, sem conseguir disfarçar que mantinha sua atenção neles.

– Eles não parecem reais, parecem? Tão perfeitos, tão encaixados. É porque não são mesmo reais. Eles fazem parte de um mundo à parte. São personagens de Thackeray, se você prefere assim – piscou, brindando seu Martini com o Gin de Pedro.

– Você fala como se não fizesse parte desse mesmo mundo. Maria Cecília de Sá Gouveia. Jackie já fez questão de dar a ficha completa, sua, dos seus pais. Por mais que tenha um estômago sensível, esse é o mundo ao qual você pertence, não é?

– Vê-se logo que você é novo nisso. De fato, Pedro, eu tenho por sangue o direito de fazer parte desse clã. Mas isso não é suficiente, assim como não basta ter sido convidado e apadrinhado por Amélia Piva de Albuquerque, como foi o seu caso. Nada disso nos torna de fato membros do Clube dos Herdeiros, não é assim que chamam esse universo paralelo? Então. Eu tenho o sobrenome, mas nada além disso. Minhas chaves não casam com as fechaduras dessas portas, ou você acha que já não tentei cada uma delas? Uma hora me cansei de não ser aceita e descobri que existia um mundo muito maior fora disso, um mundo que teria muito mais do que uma cadeira cativa para mim em consideração ao sobrenome dos meus pais. Descobri que podia ser eu mesma. Você não imagina o quanto isso é revelador quando se nasce tendo essa como a única realidade possível.

Pedro não conseguiu responder. Nem deixar de olhar mais uma vez para Helena, que continuava a rir dançando com Guilherme, como se achasse graça justamente do fato de só os dois entenderem o motivo das gargalhadas. Estava ficando louco ao começar a imaginar tudo aquilo?

– Helena Piva de Albuquerque. Conheço bem a sua namorada. Fomos até amigas durante alguns anos antes da adolescência, até que cada vez que ela estava com a Manu parecia deixar mais claro que eu jamais as alcançaria. Estar entre eles sem ser um deles é como caridade. Horrível saber que eles apenas permitem que você se debata ao redor daquela luz como uma mariposa patética até queimar as asas. Eu tive a sorte de me afastar antes que não conseguisse mais orbitar ao redor dela. Existe um certo vício masoquista nisso, é bem patológico. Você entende, não entende?

– Cecília, me desculpa. Eu não acho que entenda. As relações são muito diferentes e eu e a Helena...

– Você e a Helena o quê, Pedro? – sorriu com um certo ar sarcástico. Seus olhos cor de mel ficavam mais vivos sem aqueles enormes óculos que insistia em usar e faiscavam insinuações às quais Pedro tentava se manter imune. – Vocês são maiores do que isso? São indiferentes a isso? Você sabe que não. Você e eu somos penetras. Aproveite a festa, a bebida, a comida. Mas é só isso. Não se iluda, Emma Bovary! Você é provavelmente o cara mais interessante desse iate inteiro. Mas isso não vai fazer ela largar todo esse mundo por alguém incapaz de fazer parte dele. Depois, convenhamos, é isso mesmo que você quer? A Helena é *mainstream* demais pra alguém singular como você.

As palavras de Cecília eram como flechas de pontas cuidadosamente trabalhadas, afiadas e regadas com veneno. Ele queria que entrassem por um ouvido e saíssem pelo outro, mas pareciam ecoar pela cabeça até se cravarem no peito. Ele era um penetra que estava tentando sair da festa com a anfitriã a tiracolo? Quão estúpida parecia essa ideia? Deixou Cecília sem pedir licença, provavelmente mais por distração do que por vontade de ser indelicado. Ela sorriu sem se incomodar. Ele podia deixá-la falando sozinha agora. O que já tinha sido dito seguiria com ele, quisesse ou não.

Henrique tinha distribuído atenção por toda a festa, mas só agora parava ao lado de Lalá. Ela tentava não transparecer o quanto tinha sentido falta da presença dele até então. Não era do tipo grudenta, ciumenta ou qualquer coisa assim. Pelo contrário: tinha e valorizava o espírito livre. Também sabia que se apaixonar por

Henrique não era a coisa mais inteligente a se fazer. Embora estivessem saindo nos últimos meses com uma declarada exclusividade, ele mesmo já tinha deixado claro que, depois de relacionamentos extremamente malsucedidos, não tinha interesse em se deixar envolver por agora. Essa também era a ideia inicial dela. Mas cada dia ao lado de Henrique trazia seus sentimentos um pouco mais à tona. Cada beijo fazia cair por terra todo aquele papo de estarem só curtindo um ao outro. Cada vez que ele voltava para perto dela depois de horas distante, aquelas borboletas idiotas insistiam em voar como loucas dentro de seu estômago. Ela já tinha cogitado se distanciar para não se machucar ainda mais. Mas havia aquela pequena esperança de que ele pudesse baixar a guarda e deixá-la entrar. Que nível de burrice levaria um homem a fazer o contrário? Lalá dançava com seu vestido fúcsia e seus cabelos presos em uma enorme orquídea branca até Henrique chegar. Depois, tudo nela travou, o coração disparou e ela não conseguiu mais tirar dele seus hipnóticos olhos verdes, claros como todos os seus gestos e atitudes. Não sabia e nem queria jogar. Queria poder dizer a ele que não aguentava mais se segurar.

– Ei... – Ele se aproximou dela tocando a lateral de seu rosto com o dele e seguindo por seu pescoço o suficiente para que pudesse sentir o perfume suave que ela usava.

– Como foi sua festa até agora? – Ela tentou disfarçar os joelhos tremendo quando ele se aproximou daquela maneira.

– Boa, e a sua? – passou os nós dos dedos pelas costas que o decote na parte de trás do vestido deixava quase completamente nuas.

– Eu imagino. Afinal, você passou o tempo todo longe. – Ela não queria dizer isso. Realmente não queria. A última coisa que pretendia era cortar o clima com uma frase daquelas, mas é isso que acontece quando você guarda entalado na garganta o que realmente sente. Quando você menos espera, escapa da forma mais inconveniente!

Henrique parou diante dela e a olhou sem entender antes de se certificar.

– Você está incomodada com alguma coisa? A forma como estamos levando o nosso... nosso relacionamento? Você não está mais satisfeita? Lalá, você é uma das pessoas mais incríveis que eu conheço e a única coisa que não quero é machucar você, entendeu? Se algo tiver saído dos trilhos, por favor, conversa comigo.

Naquele momento ela sentiu vontade de dizer tudo. As palavras se debatiam dentro dela como prisioneiros contra as grades. Ele estava sendo sincero. Ele queria saber o que ela sentia de verdade. Mas o que faria com aquilo depois? E se ele dissesse que diante das mudanças era melhor pararem por ali? Era isso que ela queria? Estava preparada para essa possibilidade? Era um caminho sem volta. Já tinham se passado alguns segundos sem que qualquer resposta fosse dada e ela percebeu que existia um limite de razoabilidade naquela demora.

– Não... não é nada disso. Eu estou um pouco grilada com umas coisas, mas nada a ver com você. Que foi? Juro! Ou você acha que eu me tornei uma dessas garotinhas que precisam ter uma DR? – riu por fora, embora estivesse empurrando tudo o que sentia para dentro.

– Então vem cá. Acho que já passamos muito tempo dessa festa separados e precisamos correr atrás do prejuízo, concorda?

Henrique a puxou contra o peito fazendo com que seu corpo pendesse da cintura para cima e a beijou. Ali ela percebeu que o dilema podia esperar. Não queria correr o risco de perder o pouco que tinha dele. Não ainda. Não por enquanto.

Enquanto uns resolviam trancar o que sentiam a sete chaves, outros estavam determinados a encarar as consequências de assumir tudo que vinham escondendo. Pietra soube que Guilherme tinha chegado e sentiu o estômago dar cambalhotas. Era tudo tão simples antes. Desde que ela tinha o quê, onze, doze anos de idade? Desde sempre! Ela não tinha vergonha de dizer que era louca por Guilherme, embora ele a tratasse como criança e fosse comprometido com a melhor amiga da sua irmã. O que muitos achavam que fosse passar com o tempo só aumentou, e Pietra acabou indo longe demais para provar a Guilherme que os dois tinham que ficar juntos. Depois de toda aquela loucura, uma coisa tinha ficado clara: o sentimento de Pietra não era uma cisma de adolescente. Guilherme era o único amor que tinha vivido até então, e todas as reviravoltas dessa história nada convencional só a deixavam mais convicta de que era ao lado dele que queria ficar. Mas desde que tinha ouvido dele tudo o que sempre quis ouvir e ainda assim o rejeitou naquela festa à fantasia, não tinham mais conversado. Mesmo com toda a vontade de estar ao lado dele durante aquele processo cruel, acompanhou tudo à distância. Nem ele nem ela tocaram mais no assunto ou voltaram a se ver. O que aconteceria agora era uma incógnita. Mas Pietra não era uma pessoa adepta de pontos de interrogação. Sabia o que sentia, sabia o que queria, e não conseguiria conviver com aquela dúvida. Podia ser considerada desequilibrada, impulsiva, irresponsável e egoísta. Mas não era covarde. Tomou um último gole da água de coco que tinha pedido, superou as pernas tremendo como que implorando para que ela ficasse ali mais um pouco e andou quase marchando até o local onde Guilherme e Helena ainda estavam, embora a dança já tivesse acabado. Helena bateu os olhos nela antes mesmo de Guilherme e a fitou com frieza em um primeiro momento, o que fez com que quase perdesse a coragem. Ela tinha todos os motivos do mundo para atrapalhar o que estava prestes a fazer.

— Eu nunca pensei que fosse dizer isso – Helena disse a Guilherme sem tirar os olhos de Pietra –, mas acho que você precisa conversar com aquela garota ali.

Guilherme se virou e viu Pietra. Sentiu os batimentos acelerarem. Ela tinha deixado bem claro na última conversa que tiveram que não acreditava nele e não voltaria a acreditar. Mas então, por que estava ali? Sentiu Helena dar um beijo em seu rosto antes de sair. Puxou-a de volta pela mão e disse, como que reafirmando o que jamais mudaria e como que agradecendo por ela permitir que não mudasse:

— Eu te amo!

– Eu também – ela respondeu, distanciando-se e cedendo um quase sorriso para Pietra, como se desse força ao que ela estava prestes a fazer.

Guilherme voltou a olhar para Pietra. Os cabelos pretos estavam presos em um coque e nem a franja conseguia encobrir aqueles olhos. Riu por dentro por um momento ao notar que a parte de cima de seu vestido era um corset preto com a fita rosa. Pietra não mudava para se encaixar em nada. Pietra não mudava para agradar ninguém. Era o que era e abraçava isso com tanta força que ninguém poderia arrancar dela. E o que sentia por Guilherme fazia parte desse pacote que ela defendia com unhas e dentes. Nunca tinha mudado. Ela era a maluca mais apaixonante de todo o universo. Ele tentou odiá-la o quanto pode. Depois tentou fazer com que ela o odiasse mais do que podia. Não adiantou. Foi derrotado pela determinação da caçula do grupo que hoje em dia estava longe de ser uma menininha. Foi vencido por ela. Conquistado por ela. Pertencia a ela agora.

Pietra se aproximou de Guilherme como quem dá um passo de cada vez, percebendo que o anterior não teve reações negativas. O que ele poderia fazer? Rejeitar, negar, afastar? Isso tudo ela já conhecia. Ia doer como sempre... talvez como nunca! Mas ela já sabia que ia sobreviver. Junto com o que sentia, provavelmente. Olhava para Guilherme, tentando adivinhar seus pensamentos. Ou talvez quisesse apenas que ele adivinhasse os seus para que não tivesse que dizer nada. Tudo já havia sido dito. Que palavras poderiam falar enfim o que ele seria capaz de entender?

Os dois se cercavam como que em uma dança. Um passo em falso colocaria tudo a perder. Nenhum dos dois conhecia o movimento seguinte do outro, nem sabia o que tinha em mente. Não sabiam o que dizer e nem ao certo o que queriam ouvir.

Pietra deu um último passo até estar completamente rendida diante dele. Mal sabia ela que Guilherme é quem se oferecia como um troféu a ela, que foi capaz de vencer toda a sua resistência e ganhar o que ele jurou não dar a mais ninguém: seu coração. Quase que ao mesmo tempo, tiveram uma reação que foi muito além do que se pode medir, ensaiar, programar, racionalizar. Beijaram-se com uma urgência absurda, incontida, desumana. A intensidade só aumentou quando sentiram que a reação do outro lado era exatamente a mesma. Pietra afastou o rosto dele com as mãos por um segundo apenas para olhar e se certificar de que aquilo realmente estava acontecendo. Não conseguiu segurar um riso bobo e fora de hora, tamanha a felicidade que sentia. Ele a puxou de volta e sentiu que poderia beijá-la pela vida inteira. Ela se deixou ir e soube que queria ser beijada por ele pela vida inteira.

Helena tinha acabado de pedir um Kir Royal quando uma pessoa chegou por trás dela e pediu:

– Dois, então!

Aquela voz era inconfundível. Era a voz em todas as memórias de Helena. A que lhe contava tudo, a que dava palpite em tudo que ela contava, a que cantava com ela as músicas de fossa ou abraçada a ela as músicas de comemoração. Ela sabia que tinha ferido muito aquela pessoa com o que disse, com o que fez. Da mesma forma, também já tinha sido ferida por aquela voz em acusações que não considerava justas. Mas nada que a voz dissesse poderia machucar tanto quanto o silêncio provocado pela sua ausência.

Helena se virou e se viu diante de Manuela. Se conheciam tão ridiculamente bem que Helena pôde ver que o nariz de Manu estava inchado e Manu pôde ver que o lábio inferior de Helena estava tremendo. Sabiam bem o que esses dois sinais indicavam: cairiam no choro a qualquer momento.

— Desculpa, Manu! Eu nunca quis...

– Espera, eu que vim falar com você – Manu disse em um tom sério o bastante para que Helena não pensasse em desrespeitar aquele comando. – Eu sei que ainda preciso aprender a lidar com isso, mas vou conseguir. O que já descobri é que não sei e nem quero lidar com o que quer que seja sem você. Você é minha melhor amiga e o que quer que aconteça entre a gente não pode ser mais forte do que tudo que já construímos. Não pode ser mais forte do que o amor que sinto por você e que sei que você sente por mim! – Quando a voz já estava quase completamente consumida por um choro em ascensão, Manuela concluiu: – chega, agora vem cá e nunca mais deixa que a gente se separe!

As duas se abraçaram com toda a força que tinham. Revezavam choro e riso de uma forma que só elas entenderiam. Helena e Manuela, Manuela e Helena. Tinha sido assim desde sempre e teria que ser assim para sempre. Não é mesmo assim que as verdadeiras amizades funcionam?

Amélia viu, aliviada, a cena de longe, enquanto conversava com o novo casal do Clube: Igor, irmão de Laura, e Fabrizio, o velho amigo da afilhada, que estava de volta ao Brasil. Desde que foram apresentados por Helena, pareciam mesmo terem sido feitos um para o outro. Os três travavam um polêmico debate sobre Paul Newman ser mais bonito do que Marlon Brando quando Amélia viu Pedro passar com um semblante nitidamente pesado e pediu licença aos meninos para ir atrás dele.

— Pedro? Pedro, meu filho, o que aconteceu?

– Inadequação. Não era esse o mal de Emma Bovary? Hoje já me chamaram disso, Emma Bovary. E agora entendi perfeitamente. Tudo graças à minha imensa e incurável inadequação. Eu não me encaixo mais ali, Amélia – apontou para o canto onde estavam seus familiares. – Mas, por mais que eu tente, também não consigo me encaixar aqui – apontou para onde estavam. – E agora? Como funciona isso de não pertencer a lugar nenhum?

Amélia respirou fundo por alguns segundos e respondeu em seu tom direto de costume:

— Somente em uma festa bastante criativa para *drag queens* intelectuais se chama um rapaz de Emma Bovary entre um drinque e outro. Bastante original, diga-se de passagem. Mas, se a festa foi essa daqui, inadequado mesmo foi quem te disse isso e tentou se passar por inteligente fazendo a menção. Um tanto apelativo, não acha? O que eu sei, meu filho, é que as pessoas mais fascinantes que conheço não precisam fazer parte de lugar algum. São plurais demais para pertencer a uma coisa só, seja ela qual for. A grande graça para mim sempre foi rejeitar qualquer rótulo e poder transitar livremente por onde eu quisesse. Conquistei esse direito em cada um desses meios justamente por ser quem sou e não tentar me passar por qualquer outra coisa. Você pode estar onde tiver vontade, meu filho, mas lembre-se sempre disso: você não vai se sentir à vontade em lugar algum enquanto não estiver à vontade consigo mesmo. A inadequação não existe senão aqui – apontou para a cabeça de Pedro. – Se você se aceita como é, seu passaporte está carimbado para qualquer lugar. Se não se aceita, não se encaixa em lugar nenhum. Que se dane a Emma Bovary que nunca entendeu isso e quem quer que tenha se apoiado nela como uma bengala para te atingir. Você é melhor do que isso! Você é David Copperfield – Amélia se despediu de Pedro com os tapinhas no braço que lhes são característicos e saiu para procurar Helena.

Luiza sempre disse a Manuela que esperta era Helena por ter fisgado um Lunardelli. Embora tenha questionado os métodos nada ortodoxos da outra neta para tentar a mesma sorte, agora não conseguia esconder a felicidade por ter Guilherme e Pietra juntos diante dela. Pietra sabia pela primeira vez o que era dar orgulho à avó e, por mais que sempre tenha feito parecer que não se importava com isso, nunca tinha se sentido tão feliz. Ângelo se divertia com os planos de Luiza para noivado, casamento, bisnetos... mal tinham assumido o namoro e a matriarca dos Garcia Leal já estava muitos e muitos passos à frente. Quando menos esperava, Luiza lhe lançou uma pergunta que poderia parecer agressiva, mas não doía mais.

– E afinal, Ângelo, sua inocência já ficou comprovada? Você sabe que nós sempre soubemos que você era inocente, mas é importante para a imagem dos dois que isso fique claro perante toda a sociedade.

– Infelizmente os jornais não têm a mesma disposição de desmentir boatos que têm de espalhá-los, não é? Mas já ficou tudo comprovado. Agora é seguir em frente!

– Quem terá sido a pessoa infeliz que fez essa denúncia, Ângelo? Será que também foi a tal da Beatriz? Nem gosto de dizer o nome dessa garota depois de tudo que ela provocou!

– Dessa ela não teve culpa, Dona Luiza. A pessoa que fez a acusação tinha informações muito detalhadas sobre as atividades da empresa. Desconfio que possa ter sido alguém da própria companhia ou mesmo um concorrente. Até então minha prioridade era provar que as acusações eram falsas. Agora estou correndo atrás da identidade de quem fez isso.

Felipe tirou Manuela para dançar quando ela estava absolutamente distraída e sozinha em um canto do iate. Ela primeiro tomou um susto, mas riu ao ver que era ele.

– O que seria dos meus momentos de solidão sem você? – Manu riu e seguiu a dança.

– Não pense assim. Todas as situações que já vivemos nos fez amigos à prova de momentos de solidão, você não acha? Além do mais, estou tão desconfortável com essa gravata rosa que a Helena escolheu pra mim que preciso de alguém que tire meu foco disso.

– A gravata não é tão ruim! E, Helena? Agora você e Helena estão amigos a ponto de ela escolher suas gravatas?

– Eu e a Helena nos aproximamos muito nos projetos da Improve, mas não se engane. Ela continua me tratando com a distância segura típica de Helena antes de ser realmente íntima de alguém. Às vezes até finge que esquece meu nome só pra não parecer que somos amigos.

Manuela riu com vontade da declaração de Felipe. Sabia que a amiga era exatamente assim.

– Bom, o que importa é que vocês voltaram a ser amigas, certo? – Felipe completou.

— Sempre fomos. Sempre vamos ser – Manuela sorriu aliviada. – O que passou, passou.

– Você ainda gosta do Pedro?

– O Pedro é como um espinho que ainda está cravado na pele.

Dói estar ali. Mas não acho que se trate mais de gostar. Só incomoda um pouco, mas sei que isso vai passar logo. Eu achei que amasse o Pedro de uma forma absoluta. Mas agora percebo que fui muito apaixonada por ele e só. O amor joga a gente pra frente, sabe? Não tem insegurança, posse, necessidade de afirmação. Só te faz bem.

– Para, para! Você está completamente apaixonada por alguém ou é só impressão minha?!

– Talvez. Talvez esteja. Mas ando sem sorte. Mas o que eu quis dizer é que hoje sou capaz de olhar para o Pedro e ver que ele e a Helena se amam. É completamente diferente. Eles se completam, sabe? É algo assim que eu quero viver.

Manuela percebeu que o sorriso de Felipe tinha dado lugar a um olhar pensativo e distante.

– Eu te falei alguma coisa que você não gostou ou você também está apaixonado?

– Não, não falou nada de errado. Talvez você esteja certa. Talvez eu esteja supreendentemente apaixonado. Mas também não tenho dado sorte.

– Olha só pra nós! Somos lindos, vai? – Manu brincou. – E somos dois bobos apaixonados sem sorte no amor.

– Espera! Você sabe o que isso quer dizer, né?

– O quê? – Manu perguntou curiosa.

– O salão de jogos da festa é todo nosso! – Felipe puxou Manuela pela mão, que concordou prontamente com a suposta sorte que os aguardava.

Pedro procurou Helena por toda a festa, mas só a encontrou no último lugar em que pensou que ela pudesse estar. Completamente à vontade na mesa de sua família, conversando animadamente com o pai dele sobre futebol e dividindo uma travessa de prata cheia de coxinhas com os demais. Quando ela o viu, sorriu para ele, que ficou parado olhando para ela, sentindo uma imensa paz tomá-lo por completo. Ela deixou a travessa com Graça, pediu licença avisando para o quase sogro que quando voltasse ia arrasar de vez com o Flamengo dele e andou em direção a Pedro com um olhar que só os apaixonados têm e entendem.

– Onde você esteve a festa toda? – perguntou baixinho, enquanto ajeitava o cabelo dele.

— Perdido. Mas agora eu me encontrei.

Pedro abraçou Helena como se precisasse senti-la com o corpo inteiro. Depois a beijou devagar. Era a ela que ele pertencia. Ela pertencia a ele. Eles se encaixavam perfeitamente. Ele se encontrava por completo nela e a encontrava em todos os seus pontos perdidos. Ela o trazia de volta. Ela o trazia a si. Continuou a beijá-la enquanto começou a dançar com ela. A música estava distante e Pedro não era exatamente um habitué da pista de dança, mas se sentia tão à vontade com ela que poderia até dançar em um ritmo próprio. Um ritmo só deles. Aquilo não era Thackeray. Aquilo não era irreal, conto de fadas ou o retrato inalcançável da aristocracia moderna. Aquilo era amor. Daqueles que a gente sente independente do sexo, da raça, da cor, da idade, da conta bancária, da origem, da época. Independente da autorização dos outros, de passaporte ou cartão de associado. Amor não tem clube, regras ou estatuto de sócio.

Amor é para dois e só dança conforme a música que ele mesmo faz.

AGRADECIMENTOS

Esse livro jamais teria sido possível sem:

A Karen! Karen Alvares, minha revisora, editora, amiga, escritora da qual sou fã, e (fada) madrinha da série *Clube dos Herdeiros*. Ela se encantou com o primeiro e fez com que ele fosse realidade. E, agora, me fez reescrever boa parte do segundo até que eu me reconectasse com a verdade de cada personagem. Obrigada, Ka! Você é maravilhosa e nada teria fluído da mesma maneira sem você!

A inspiração. Das lembranças que criaram personagens, da personalidade marcante de algumas pessoas que acabou influenciando outros e, sobretudo, do amor. *Clube dos Herdeiros* é uma série que fala descaradamente de amor, em todos os sentidos. E, não fosse pelo imenso amor que recebo, não seria capaz de reproduzir a força desse sentimento na trajetória dos personagens. Vida, filha, filhos peludos, eu amo vocês!

Os blogueiros literários. Cada um que leu e resenhou *Clube dos Herdeiros: como nossos pais* fez com que vários leitores chegassem até ele e todo o carinho que tiveram com o livro encorajou muito a produção do segundo. Vocês mandam!

Os leitores! Cada um que comprou, cada um que leu, cada um que comentou, postou foto, se apaixonou por um dos personagens, *shippou* um casal, brigou comigo para que essa continuação saísse. Vocês foram o principal motivo deste livro que têm em mãos agora. Meu imenso e eterno “Muito obrigada!” por abraçarem essa história com tanto carinho, uma história que deixou de ser minha para ser nossa.

Série Clube dos Herdeiros

Clube dos Herdeiros - Como nossos pais

Clube dos Herdeiros - Nada será como antes

Contos

Clube dos Herdeiros - Aristocracia perdida

Clube dos Herdeiros - Da esquerda para a direita

Este livro foi impresso em papel pólen bold na
Renovagraf em junho de 2017.